Couvertures supérieure et inférieure
manquantes

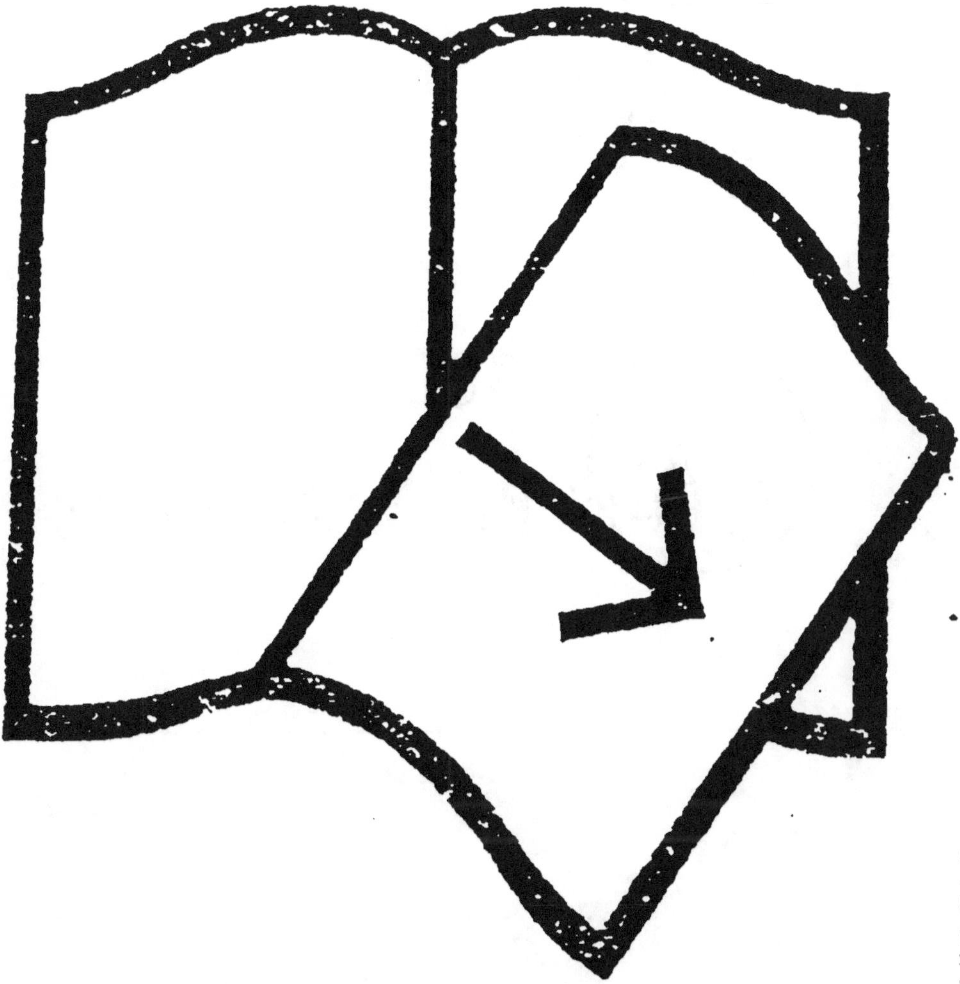

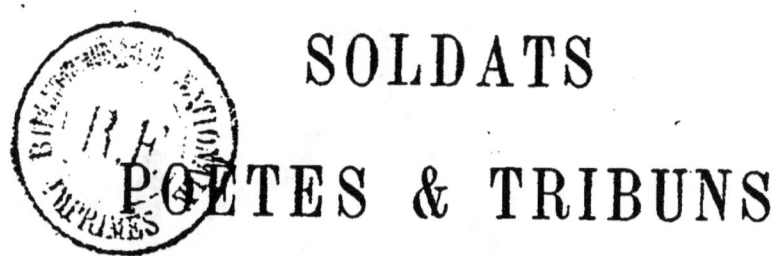

SOLDATS
POÈTES & TRIBUNS

CALMANN LÉVY, ÉDITEUR

DU MÊME AUTEUR :

Format in-18 jésus.

ALEXANDRE DUMAS A LA MAISON D'OR..... 1 vol.

LA CLÉ D'ARGENT......................... 1 —

LES DIVORCES DE PARIS.................. 1 —

LA LETTRE DÉCHIRÉE.................... 1 —

MÉMOIRES D'UN PASSANT................. 1 —

LES PETITES COMÉDIES DU BOUDOIR....... 1 —

PETITS MÉMOIRES DU XIXᵉ SIÈCLE........ 1 —

LES YEUX NOIRS ET LES YEUX BLEUS..... 1 —

NAPOLÉON A-T-IL ÉTÉ UN HOMME HEUREUX? 1 —

IMPRIMERIE L. HUMBERT-DROZ, 16, RUE SAINT-MARS, ÉTAMPES.

PHILIBERT AUDEBRAND

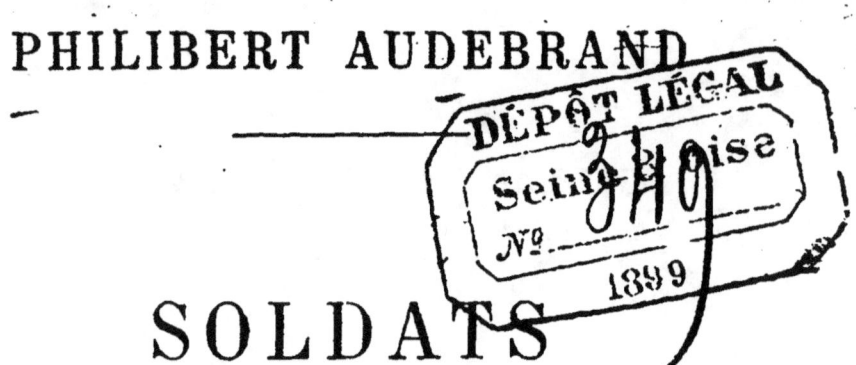

SOLDATS

POÈTES & TRIBUNS

— PETITS MÉMOIRES DU XIXe SIÈCLE —

C · L

PARIS

CALMANN LÉVY, ÉDITEUR

3, RUE AUBER, 3

—

1899

LE SOUPER DE BEAUCAIRE

Alfred de Vigny, le conteur charmant à qui nous devons *Stello ou la Consultation du Docteur noir,* une des plus belles œuvres de l'école romantique, avait commencé sa vie par être soldat. Entendons-nous bien. Comme il était d'une souche aristocratique, avec un titre de comte, on l'avait admis tout jeune dans la garde royale, au retour de Louis XVIII en France. Vous avez certainement deviné que le jeune poète était royaliste de naissance, et

c'est ce qu'il a bien soin de dire dans une
autobiographie qu'il a écrite et que mon ami,
M. Louis Ratisbonne, son exécuteur testamen-
taire, a publiée ; mais cela ne l'empêchait pas
de professer une très grande admiration pour
Napoléon. Seulement, il faut faire ici une seconde parenthèse ou, si vous aimez mieux,
une seconde réserve. Dans le César que les
Anglais emmenaient à Sainte-Hélène, il ne
voyait, il n'aimait que l'homme qui a tenu une
épée. En ce qui touchait la politique, le héros
du 18 Brumaire et celui des Cent Jours, il
s'emportait et disait même avec colère :

— Bonaparte était trop délié. Il a été évidemment pétri dans la même argile d'Italie d'où
a été tiré Machiavel.

Voilà pourquoi il a écrit ces pages fameuses
où il met en scène l'empereur avec le pape
Pie VII, au palais de Fontainebleau. On n'a pas
oublié que, par le jeu d'une fiction permise, il
fait voir l'empereur et le pape causant, seuls,
dans un appartement bien clos. Un page de Sa
Majesté Impériale, étourdi et distrait, était entré
là, par hasard, avant le colloque et s'était caché
dans l'embrasure d'une fenêtre, derrière d'épais

rideaux de brocart. Moyennant cette circonstance, retenant son haleine et ouvrant tout à la
fois les yeux et les oreilles, il avait pu tout
voir et tout entendre.

Et c'est ainsi que ce drame a été recueilli par
le poète jusque dans ses moindres détails.

A entendre Alfred de Vigny, Bonaparte avait
mis à nu dans cette entrevue de Fontainebleau
son cœur et son esprit. — *Comediante ! Tra-
gediante !* s'écrie à tour de rôle le vicaire du
Christ, prisonnier, mais gardant jusqu'à la fin
de sa captivité toutes les allures de sa libre
parole. On a prétendu, à la vérité, que ce dialogue ne reposait que sur une fable et que cette
rencontre dans un palais ne s'était jamais passée
de cette façon. Par conséquent, il n'y avait pas
à en tirer les inductions qu'en fait découler
l'écrivain. Conclusion : Napoléon n'aurait donc
point été l'esprit dissimulé que nous signale
Alfred de Vigny.

Mais Michelet, le grand historien, s'appuyait
sur un autre fait historique pour soutenir la
théorie du poète, et cet autre épisode, c'était
une scène qui s'était passée à une époque où
l'ancien écolier de Brienne, alors très jeune,

n'était encore qu'un simple officier de fortune. Nous voulons parler du Souper de Beaucaire, ce festin de hasard sur lequel Bonaparte lui-même a composé une brochure.

Qu'est-ce que c'est que le Souper de Beaucaire ?

Si vous voulez bien nous accorder un peu d'attention, nous allons vous le dire aussi succinctement que possible.

La scène se passe pendant la première République, au plus fort de la tourmente révolutionnaire.

En 93, un soir de septembre, disons vendémiaire si vous voulez, à moins que ce ne soit la fin de fructidor.

On était à la nuit tombante.

Cinq convives se trouvaient à table à la petite auberge du *Coq d'Or*, à Beaucaire, tous les cinq amenés par le hasard.

L'un était un voyageur de commerce, chargé de placer des draps ; son voisin, un ex-curé de Tarascon, qui, pour n'avoir pas le cou coupé, avait jugé à propos de jeter le froc aux orties. Un troisième paraissait être un ex-hobereau en ce qu'il portait encore un jabot de dentelles et

parce qu'il montrait au doigt un très beau diamant. A côté de ce ci-devant, un artiste dramatique, très probablement un ténor léger, qui
s'en allait jouer l'opéra-comique à Marseille et
qui fredonnait sans cesse : *Il pleut, il pleut,
bergère*, une jolie romance du citoyen Fabre
d'Églantine.

Quant au cinquième, c'était un jeune officier
d'artillerie, un sous-lieutenant, en train de
rejoindre son corps.

On avait beau être en plein orage politique,
soufflant de Paris, chacun parlait librement,
sans redouter en rien l'indiscrétion ou l'hosti-
lité de son voisin.

Il n'y avait pourtant pas à s'amuser aux ba-
gatelles de la Convention, la grande et terrible
Assemblée.

Lorsqu'on regardait le baromètre de la politique, on voyait que les deux aiguilles couraient
sur la tempête, sur la grande tempête.

Attaquée à la fois à toutes les frontières, sur
terre et sur mer, par les Anglais, par les Prus-
siens, par les Autrichiens, par les Russes et
par les émigrés de l'armée de Condé, la République naissante se défendait comme une jeune

lionne qu'on a blessée au flanc, et elle se défendait en usant de tous les moyens terribles qui
étaient alors en son pouvoir. Inexorable, elle
faisait tomber des têtes de rois et de reines;
elle supprimait des villes; elle levait quatorze
armées en chantant, mais en chantant des
hymnes qui donnaient le frisson à ceux qui les
écoutaient; elle suscitait une pléiade de généraux, inconnus la veille, illustres le lendemain,
telle qu'on ne devait en voir la pareille dans
aucun temps ni dans aucun pays, vingt Achilles,
cent Ajax!

Ceux qui l'accusent encore à distance, après
cent ans écoulés, ne peuvent s'empêcher d'ad-
mirer tant d'héroïsme. Indépendamment des
attaques de l'étranger, voyez donc! La Vendée
était soulevée; Lyon, en armes, s'était détaché
de la France; Toulon, les Anglais aidant, venait
de proclamer roi Louis XVIII, le comte de Provence. La guerre était partout.

Au moment où ce récit commence, quinze
cents insurgés fédéralistes de Marseille, de
Nîmes et du Var venaient de partir, le fusil au
bras, afin d'aller renforcer la révolte. Un ex-
peintre, à présent général de brigade, les arrê-

tait tout à coup au passage et les écrasait ;
c'était Carteaux, un exalté peu tendre, qui faisait
fusiller sur sa route, sans rémission et sans
retard, tous les insoumis et tous les fédéralistes
qui tombaient entre ses mains.

Ah ! les guerres civiles sont toujours les
mêmes ; elles sont sans pitié ; elles ont la fureur
aveugle du tigre.

Au *Coq d'Or,* dès l'instant où l'on avait servi
le potage, on parlait du dernier massacre effectué par Carteaux.

— Ah çà ! citoyens, dit tout à coup le voyageur de commerce, est-ce que cette horrible
bacchanale de guerre étrangère et de guerre
civile ne finira pas bientôt ? Les braves gens
n'épousent aucune de ces querelles. Les braves
gens ont besoin de repos. Nous autres, qui ne
nous occupons jamais de politique, mais simplement de négoce, nous avons été inventés
par nos pères et mères pour vivre. Décidément
nous voudrions bien un peu de paix.

— La paix ! riposta l'ex-curé, la bouche à
moitié pleine, la paix, citoyens, voilà une belle
chimère ! J'y ai cru, moi, alors que j'étais
jeune. A présent, je vois que c'est une illusion.

La paix ! Est-ce qu'elle existe dans la nature,
où, d'un bout à l'autre de l'échelle des êtres,
tout est sans cesse à l'état de conflit ? Tenez,
nous voici cinq à table. Nous y sommes bien.
Mangeons, buvons, causons gaiement et n'en
demandons pas davantage.

— Il y a deux rôtis, citoyens, dit l'hôte qui
s'était approché, la serviette sous le bras ; il y
a du gigot de mouton et un superbe poulet à la
broche.

— Je prends une tranche de gigot à l'ail,
s'écria le comédien ; c'est tonique, c'est ce qu'il
y a de meilleur.

— Point du tout, répliqua vivement le jeune
officier d'artillerie avec un léger accent italien,
je suis pour le poulet à la broche. D'abord,
c'est plus agréable, surtout lorsqu'on a entouré
le plat d'un peu d'estragon, et il y en a dans
celui-ci. En second lieu, c'est d'une digestion
plus facile. Vive le poulet !

— Pour un peu, citoyen, répliqua d'un ton ironique le ci-devant, vous deviendrez séditieux.

— Comment ça ? Que voulez-vous dire, citoyen ?

— En vantant cette volaille, en criant :

« Vive le poulet ! » vous nous faites songer malgré nous au plus populaire de nos anciens rois, au fondateur de la dynastie des Bourbons.

— Ah ! c'est juste, la poule au pot d'Henri IV, n'est-ce pas ?

Et tout en cherchant à saisir l'une des ailes avec sa fourchette d'argent, il laissa tomber de ses lèvres cet alexandrin de Voltaire :

Le seul roi dont le *pauvre* ait gardé la mémoire.

Ici, ne voulant pas demeurer à court d'érudition lyrique, le ténor léger, comme pour donner la réplique au jeune militaire, fit un geste d'amoureux de théâtre et se mit à chanter :

Charmante Gabrielle...

Mais avant même qu'il eût achevé ce vers, pourtant si court, l'officier l'interrompit vivement :

— Prenez bien garde, mon camarade, lui dit-il d'un ton un peu plus grave, cette chanson que vous venez d'entamer sert en ce moment de *Marseillaise* aux Chouans de la Bretagne et aux Vendéens du Bocage ; c'est la femme du marquis de la Rochejaquelein qui l'a mise à la mode dans l'armée dite royale. Tout à l'heure l'un de nos convives me disait que je devenais séditieux parce que je criais : « Vive le poulet ! » Vous le seriez cent fois plus, s'il vous arrivait de chanter ici ce couplet jusqu'au bout.

Il se tut un moment, mangea deux bouchées, très vite, avec de très belles dents, puis reprit avec véhémence :

— La République étant de formation nouvelle et ceux qui sont à sa tête n'étant que des fils de bourgeois ou des enfants du peuple, on s'imagine chez les aristocrates d'origine qu'on peut tout se permettre pour faire disparaître cet état de choses. Mais il ne faut pas s'y fier ! Mais il ne faut pas plaisanter là-dessus ! Puisque le peuple est roi, il agit en roi. Malheur à ceux qui ne comprennent pas cette grande vérité !

Ici ceux qui l'entendaient se regardèrent avec un peu de surprise. Leurs yeux parlaient et avaient l'air de se dire : « Quel est donc ce jeune homme ? Serait-ce un terroriste ? » Et, courbés sur leurs assiettes, saisis d'une soudaine épouvante, ils n'osaient déjà plus ouvrir ni les yeux ni la bouche.

— Diable ! il ne doit pas rire tous les jours, celui-là ? se disait *in petto* le comédien.

Le ci-devant était devenu muet, du moins pour un moment. Et, en effet, il avait l'air de vouloir protester.

Cependant, pour couper court à une discussion qui pouvait dégénérer en querelle, l'hôte revint à la question des deux rôtis.

— Eh bien ! citoyen, s'écria l'ex-gentil-homme, réflexion faite, je préfère le gigot.

— Moi, dit le voyageur de commerce, je suis de l'avis du citoyen artilleur, je stipule pour la volaille. Ce poulet me tente grandement.

— Comment tomberions-nous d'accord sur la politique? objecta ici l'ancien prêtre. Vous voyez que nous ne pouvons pas même nous entendre sur la cuisine, qui est pourtant une chose positive.

— Permettez ! — reprit l'ancien hobereau, après avoir vidé son verre d'un très joli vin d'Avignon, crû des papes ; — permettez! Ce qui se passe de nos jours n'est pas de la politique ; c'est de la tuerie. Avez-vous vu dans le *Franc*

Parleur de la Provence les dernières nouvelles
arrivées de Marseille ? Quarante-sept fédéralistes ont été fusillés sur la Cannebière par un
bataillon de l'armée jacobine des Alpes ; Carteaux commandait le feu en personne. Qu'on
le prenne comme on voudra, je dis que ce
Carteaux est un assassin !

Ce mot d'assassin, appliqué à un homme qui
portait l'uniforme de général, fit bondir le
jeune sous-lieutenant sur sa chaise. Jusqu'à
ce moment, il avait discuté avec une sorte
de calme ; il s'était contenu et, s'il avait fait
deux ou trois phrases à propos d'une chanson d'amour d'Henri IV à sa maîtresse, ce
n'avait été qu'un jeu. Au fait, n'étant à
cette table d'hôte que comme un oiseau de
passage, que lui importait ce que les convives diraient ou auraient à dire ? Il man-
geait comme on mange quand on est jeune,
très vivement et avec un grand appétit. D'ici
à quelques heures il devait reprendre sa route,
tracée par l'ordre de ses chefs. L'essentiel
pour lui était de se refaire afin d'arriver en
bonne santé auprès de la batterie qu'il était
appelé à diriger.

Néanmoins la sortie sur la fusillade paraissait l'avoir vivement impressionné.

— Ah çà ! lieutenant, ce que vient de dire le citoyen sur les fédéralistes n'a pas l'air d'être tout à fait de votre goût, dit le chanteur d'opéra, loquace et pointilleux comme le sont généralement ses pareils.

En ce moment, le jeune officier laissa retomber son couteau sur son assiette.

— Carteaux, un assassin ! s'écria-t-il d'une voix métallique, fortement timbrée. Un général chargé du soin de maintenir l'ordre et de faire observer les lois, un assassin ! Quelles notions de morale avez-vous donc, citoyen, pour oser articuler un pareil blâme sur un général de l'armée des Alpes ?

— Général ou non, il n'est pas permis de fusiller quarante-sept hommes d'un seul coup et sans jugement préalable.

— Vous auriez raison, citoyen, si vos quarante-sept hommes étaient inoffensifs. Mais ces quarante-sept vaincus ne sont pas des hommes, d'abord. Il faut voir en eux des sacrilèges et des parricides.

— Eh ! mais, répondit le ci-devant, je les

connais presque tous : ce sont les habitants les
plus riches et les plus recommandables du Midi,
citoyen, une élite.

— S'il en est ainsi, ils n'en sont que plus
coupables. Comment ! c'est au moment précis
où la patrie est attaquée de toutes parts par
l'étranger, qu'ils prennent les armes pour con-
tribuer à sa défaite et à sa ruine ! Ils font cause
commune avec nos pires ennemis, avec les
Anglais, et vous voulez qu'on ne les écrase
pas !

— En agissant comme ils le font, ils ont la
certitude de servir la bonne cause, citoyen lieutenant.

— Eh bien ! je vous dis, moi, qu'ils sont une
race de vipères. Il n'y a que des casuistes
retors qui soient de force à les justifier. Tenez,
je ne suis rien, je ne suis encore qu'un pauvre
sous-lieutenant d'artillerie à peine sorti de
l'Ecole, n'ayant d'autre fortune que son épée ;
mais si, un jour, on me donnait de tels scélérats
à détruire, non seulement j'accepterais cette
tâche, mais encore je renoncerais à tout pour
les rompre. Je les mitraillerais, s'il le fallait,
jusque sur les marches d'une église.

En entendant ces paroles, l'ex-curé pensa avaler un os qu'il était en train de ronger.

Pour le coup, les quatre convives du jeune officier d'artillerie se mirent à regarder de plus près celui qui venait de s'exprimer avec tant de véhémence. Un teint pâle, frappé de fibrilles vertes, des yeux bleus d'une vivacité sans pareille, des lèvres minces sur lesquelles voltigeaient sans cesse le sourire du dédain, tout cela donnait à sa figure un aspect étrange. Qu'on y ajoute de longs cheveux châtains assez mal peignés, pendants et légèrement tortillés à la mode jacobine, et l'on comprendra que les voyageurs qui avaient été à même de rencontrer autrefois des officiers de l'armée royale, si bien rasés, si bien brossés, si calmes et si souriants, ne devaient pas éprouver une bien vive sympathie pour cet échantillon des hordes républicaines, ardent défenseur des temps nouveaux.

— Il a plutôt l'air d'un brigand de mélodrame que d'un vrai soldat, disait maintenant, à demi-voix, le chanteur d'opéra-comique. Je ne voudrais pas le rencontrer, à minuit, à la corne d'un bois, et nous sommes près de l'Esterel.

Cependant le hobereau, têtu comme l'ont

toujours été ses confrères en noblesse, ne voulait décidément pas lâcher prise.

Au moment où l'on servait la salade, il se
mettait à rouvrir la discussion.

— Mais, lieutenant, puisque vous faites
l'éloge de Carteaux, vous devez tenir pour la
Convention ?

— Je tiens absolument pour elle, citoyen,
répliqua le jeune homme en se versant un verre
de Côte-Rôtie ; bien plus, j'espère lui faire voir,
un jour, à quel point je lui suis dévoué.

— Mais ces représentants du peuple ne sont
pas des législateurs ?

— Ils sont mieux que cela, citoyen. Tenez,
ils forment un camp, un sénat et un tribunal.
Jamais, en aucun temps ni en aucun pays, on
n'aura vu d'assemblée plus active ni plus terrible. Ils ont condamné un roi à mort, mais ils
n'ont pas peur de mourir eux-mêmes. Deux
des leurs ont déjà été poignardés, l'un par
Pâris, un ancien garde du corps ; l'autre, par
une jeune fille qui se dit descendante de Corneille. Ils envoient les leurs comme commis-
saires aux armées, comme des chargés d'affaires
auprès des princes, deux missions périlleuses.

Ils ont des orateurs, des poètes, des savants, des artistes parmi eux. Ils décrètent la victoire comme leurs devanciers décrétaient la levée de l'impôt. Ils détruisent le passé et hâtent l'avènement de l'avenir. Ils règlent l'emploi de cent trésors et ils sont tous pauvres. Mais que vous dire ? On ne pourra rendre justice à leur œuvre qu'après qu'auront blanchi en terre les os de trois ou quatre générations.

En achevant ces mots, il jeta sa serviette sur la table, car il avait fini, et il s'en alla à sa valise, comme pour veiller à son départ.

— Comment appelez-vous ce jeune officier ? demanda le voyageur de commerce à l'hôte.

— Attendez donc ! C'est un nom qui n'en finit pas.

Il alla chercher son registre de tous les jours et il y lut ces mots à voix haute :

« BUONAPARTE, *officier d'artillerie, se rendant au siège de Toulon.* »

— Eh bien ! en voilà un qui défend bigrement bien la Convention nationale et qui mour-

rait sûrement pour la République, dit le chanteur.

— Bast ! qui sait ? répondit l'ex-curé.

Et, sur ce, tous quittèrent la table.

La suite des temps a prouvé que l'ex-curé
avait raison d'exprimer un doute.

II

UNE ODE PROSCRITE

CHARLES NODIER

A la date du 29 mars 1893, un télégramme inattendu nous annonce la mort récente à Menton de mademoiselle Marguerite Ménessier-Nodier; c'était la fille de M. Ménessier, trésorier général à Chambéry et la petite-fille de Charles Nodier.

Ces quatre lignes d'une froide nécrologie ne diront certainement pas grand'chose aux générations nouvelles. Je me rends bien compte de l'état d'ahurissement ou de surprise dans lequel

cette nouvelle va jeter nos jeunes gens, même
les plus studieux, car, enfin, on n'a pas le temps
ni le moyen de tout lire. Plusieurs vont se
passer la main sur le front, comme pour y
arrêter quelque vague souvenir de leurs premières leçons. « — Charles Nodier ! qui donc
était-ce ? » Ce nom, en effet, est aux trois quarts
effacé par les ailes du temps. A une époque où
les vingt-cinq mille adresses du Bottin sont
illuminées par la réclame, où l'on met au coin
des rues tant d'étiquettes passagères, où l'on
prodigue le marbre et le bronze à des statues
sans gloire, ce nom, autrefois si populaire, ne
sonne plus à l'oreille de personne. On ne se
donne même pas la peine de le dédaigner, on
ne le connaît plus. Vous diriez de ces épitaphes
qu'envahit la mousse des cimetières et que le
lierre et l'ortie achèvent de dérober à l'œil des
passants.

Ainsi Charles Nodier ne compte pas pour les
contemporains. Il faut bien dire pourtant que,
çà et là, dans quelque coin de notre grand
Paris, il existe encore plusieurs survivants des
âges romantiques, se flattant d'avoir gardé
cette mémoire. Quand il n'y aurait que mon

vieil ami Arsène Houssaye et celui qui écrit
ces lignes, je réponds de ces deux-là. Il y a
aussi tout un collège de Bibliophiles qui, les
jours de pluie, pour se désennuyer, feuillettent
encore les œuvres si charmantes du Franc-
Comtois : *Trilby, Jean Sbogur,* le *Peintre de
Salzbourg, Smarra,* le *Roi de Bohême et ses
sept châteaux,* et surtout, et toujours avec un
mouvement d'ivresse, ces *Souvenirs de la
Révolution,* dont Armand Marrast disait : « Ils
paraissent avoir été écrits par Tacite avec la
plume de Sterne. »

Mieux que tout ce que je viens de dire,
vingt monuments littéraires de la plus haute
portée empêcheront le nom de Nodier de disparaître. Vingt pages de Mérimée, les *Confidences* de Lamartine, les *Mémoires* d'Alexandre
Dumas, *Victor Hugo raconté par un témoin
de sa vie* rappellent à l'avenir le brillant conteur
et aussi l'hôte incomparable qui ouvrait à toute
la jeune littérature d'il y a cinquante ans le
petit salon de l'Arsenal. Chez les poètes en
vogue d'alors, ce n'était qu'un cri de respect
et d'enthousiasme. Voyez, par exemple, la
Némésis, où, dans celle des cinquante-deux

satires qui a pour titre : *le Palais-Royal en hiver*, Barthelemy et Méry passent en revue les célébrités du temps :

> Nodier, jeune vieillard, poëte de la prose,
> Qui mêle en ses écrits l'ancolie à la rose.

L'ancolie, une fleur des champs, très belle dans le Jura, que l'auteur de *Smarra* avait fait mettre à la mode, absolument comme J.-J. Rousseau avait fait pour la pervenche.

> La fleur de Nodier, l'ancolie...

dit quelque part Émile Deschamps dans ses cantates.

Si indifférent qu'on soit en fait de lyrisme, on ne peut pourtant pas ignorer le duel merveilleux et amical qui a eu lieu en août 1843, entre Alfred de Musset et son vieux maître, plus encore son ami que son maître :

> Si jamais ta tête qui penche
> Devient blanche,
> Ce sera comme l'amandier,
> Chez Nodier :

> Ce qui la blanchit n'est pas l'âge,
> Ni l'orage ;
> C'est la fraiche rosée en pleurs
> Dans les fleurs.

Au surplus, ce bonhomme de l'Arsenal aura été l'écrivain le plus complexe, le plus indépendant et, partant, le plus original de cette grande époque de 1830, qui occupe, à bon droit, tant d'espace dans l'histoire. De même que ce Voltaire, dont il a tant combattu l'orthographe, pour faire revenir celle de Pascal, il s'est produit dans tous les genres et il a pleinement réussi dans tous. Philologue, poète, historien, romancier, botaniste, critique, de 1810 à 1834, on l'aperçoit partout et toujours à la première place. Assez familier avec les anciens pour être un classique de bonne roche, il avait assez de hardiesse dans l'esprit pour être de la Nouvelle École, et, en effet, il a été le guidon des Romantiques. Sainte-Beuve a même fait à ce sujet un mot que Paris entier a répété : « Charles Nodier a présenté simultanément à l'admiration du xixe siècle Lamartine de la main droite et Victor Hugo de la main gauche. » Et rien n'est plus vrai.

Ce qu'il ne faut pas oublier de dire non plus, c'est ce qu'il a été en politique. — Fils du premier maire que la Révolution ait donné à la ville de Besançon, pareil à deux Bretons illustres, à Chateaubriand et à Lamennais, il aura été très républicain et très royaliste, et l'un des plus impitoyables adversaires de Bonaparte.

Et quelle belle légende j'ai à raconter à ce sujet !

Un matin, après la proclamation de l'Empire, Fouché déjeunait avec des huîtres d'Ostende, hors-d'œuvre dont il était très friand. Bourrienne se fit introduire dans la salle à manger. Le secrétaire de Napoléon tenait à la main un chiffon de papier.

— Qu'est-ce que c'est que ça ? demanda le ministre de la police.

— De mauvais vers contre l'empereur.

— Contre l'empereur ! dit le nouveau duc d'Otrante, en répandant la mignonnette de travers. Et vous venez me demander de faire arrêter l'auteur ?

— Oui, sans doute, répondit Bourrienne ; mais, avant tout, il faudrait savoir son nom.

Satire, chanson et ode tout ensemble, la

Napoléone était un petit poème de sept strophes, comprenant chacune dix vers de rythmes iné- gaux. S'il s'y voyait un peu d'emphase, ce qui était conforme au langage d'alors, on y discer- nait en même temps, à forte dose, des élans de cette haine indignée qu'Horace recommande aux vengeurs du peuple et dont Juvénal a fait une si grande dépense. A la suite du 18 Bru- maire, la République, d'abord hypocritement conservée, avait été égorgée; — les Bourbons étaient plus que bannis; — Napoléon s'était couronné lui-même, s'était fait sacrer par un pape; et, chose bizarre, ce chant qu'apportait Bourrienne était une protestation véhémente contre le puissant usurpateur. Il paraissait formé des cris des deux partis vaincus.

En sa qualité d'ex-oratorien, ayant enseigné le latin au collège de Pont-le-Voy, Fouché était gourmand à deux titres. Il n'aimait pas que les huîtres. Les bons vers et la jolie prose lui plaisaient de même. Après avoir jeté un coup d'œil sur le chiffon de papier, il fit la bête, comme on dit; il s'emporta peu à peu, ce qui était de rigueur dans ses hautes fonctions; puis, il se mit à dire en souriant :

— Ces vers sont d'un homme qui s'y entend.

La *Napoléone* courait partout. On la vit d'abord à l'état de manuscrit ; on s'enhardit ensuite jusqu'à l'imprimer sur une feuille volante ; Paris se la passait de main en main. Il était impossible que le ministre de la police, qui avait dans son département des yeux de lynx, ne l'eût pas vue ; mais n'oublions pas le roué dans ce Fouché, un coquin qui devait finir par trahir son nouveau maître.

Religieux sous l'ancien régime, il avait été, sous la Convention, jacobin, régicide, proconsul dans la Nièvre et dans l'Allier, et s'il servait le nouveau César, on savait déjà, on devait apprendre bien mieux, par la suite, qu'il ne l'aimait pas. Dès lors, il était concevable qu'il attendît des ordres pour agir.

L'ode proscrite mérite-t-elle de renaître ? Aux yeux de la prosodie qui règne de nos jours, la *Napoléone* ne trouverait certainement pas grâce. Léon Gozlan nous disait, en 1860 : « Il y a des modes en poésie comme en fait de costume. » Et c'est très vrai. Ce genre de cantate trop sonore a vieilli. Ces prosopopées tonnantes sont démodées depuis longtemps. Il reste néanmoins le fond, qui est toujours fort beau, puisque le poète s'y érige en juge d'un grand crime politique. N'oubliez pas, d'ailleurs, que le morceau dépend désormais de l'archéologie littéraire, et que c'est, par conséquent, un tronçon d'histoire.

Une parenthèse en passant.

En matière de critique littéraire et d'histoire, il faut savoir tout compter. Dans cette ode-satire d'une allure si brusque, les indifférents et les âmes naïves ne verront que de nobles sentiments et de beaux vers. Un esprit appliqué y trouvera volontiers quelque chose de plus, et, par exemple, une sorte de question touchant à l'atavisme et l'influence du terroir. Charles Nodier est venu au monde à Besançon et aussi le poète des *Feuilles d'automne* ainsi qu'il l'a si bien dit :

Ce siècle avait deux ans; Rome remplaçait Sparte ;
Déjà Napoléon perçait sous Bonaparte,
Et du premier Consul, déjà, par maint endroit,
Le front de l'empereur brisait le masque étroit.

Tous deux poètes, tous deux étroitement liés, appartenaient à la même école. Tous deux sont

appelés à s'occuper grandement de l'homme
prodigieux, qui, pendant quinze ans, a tenu
sous sa main de fer la France et l'Europe.
Tous deux, aussi, après l'avoir vivement
admiré, ont dû finir par maudire au plus haut
point son nom et par le charger d'anathème,
car, à bien prendre les choses, la *Napoléone*
a donné le ton aux strophes brûlantes de
Guernesey. Ainsi la verve bizontine paraît
avoir été transmise à l'un par l'autre.

Ceux qui aiment la satire irréconciliable,
ceux qui ont bu Juvénal à petites gorgées, qui
ont pris plaisir aux grands vers d'Agrippa
d'Aubigné et aux *Philippiques* de la Grange-
Chancel, ces amateurs de vin bourru ne regret-
teront pas la lecture de la *Napoléone*, car je
vais la donner ici en entier. Ces soixante-dix
vers, aussi âgés que le siècle, mais coulés dans
le bronze, ne figurent point dans les œuvres
complètes de leur auteur, pour cette raison
qu'en vieillissant il s'est tout à coup attendri.
Ayant vu son personnage tomber deux fois, et
mourir loin de son pays, prisonnier de l'Anglais,
il a eu pitié de cette gloire tombée, de ce dieu
écroulé et, au surplus, il était dans sa manière

d'être de pardonner au vaincu. Mais, quant à nous, qui tenons surtout à bien faire connaître toutes les faces d'une grande figure, n'ayant pas les mêmes motifs de garder tant de réserve, nous exhumons *in extenso* ces sept couplets afin de faire voir aux générations nouvelles que l'homme du 18 Brumaire n'a pas eu que des thuriféraires.

Racontons d'abord la genèse de ce poème.

En s'emparant du pouvoir, Bonaparte avait frappé de mort tous les partis qui s'agitaient chez nous. Républicains et royalistes étaient désarçonnés, le même jour. Il ne restait ostensiblement un peu d'opposition que dans un petit nombre de villes, et Besançon fut la plus importante de ces cités rebelles au joug consulaire. Sous le nom de Philadelphie, elle devint le centre, le point de ralliement de tous les conjurés hostiles au nouveau César. Ainsi un parti mixte s'y était formé. Ainsi du continuel contact des deux grands partis vaincus, Besançon finit par réunir sous la même enseigne des républicains et des royalistes, auxquels se sont ajoutés aussi quelques partisans de l'oligarchie directoriale, les rares amis de Barras.

2.

Charles Nodier n'avait alors que vingt ans.
Comme tout noble cœur, il professait la haine
de la tyrannie, d'autant plus que le fameux
capucin de Cologne, l'helléniste Euloge Schnei-
der, son premier maître, lui avait fait traduire
la chanson d'Harmodius et d'Aristogiton. Il se
laissa donc enrôler parmi les Philadelphes,
puisqu'ils se donnaient pour les serviteurs de
la liberté. Oudet, leur chef, avait déjà distin-
gué ce jeune adepte. Il en avait fait un confident et un ami. Quand la conjuration fut orga-
nisée, quand il ne manquait plus aux frères
qu'une occasion et un chant pour marcher au
combat, ce fut Charles Nodier qu'Oudet chargea
de composer l'ode guerrière et patriotique.

Telle fut l'origine de la *Napoléone*.

J'ai dit plus haut comment ces vers pleins de
flamme arrivèrent à la connaissance de Fouché,
le préfet de police. Cinq cents exemplaires seulement avaient été imprimés, mais les zélés les
avaient transcrits à la main et l'hymne courait
à travers le pays et gagnait les armées. On
pense bien que le premier soin du haut fonc-
tionnaire fut d'arrêter cette propagande et de
rechercher l'auteur du délit. Mais le moment

est venu de faire voir en quoi consiste cette
œuvre poétique.

Si, un jour, sous la Restauration, Charles
Nodier devait être l'un des piliers de l'École
romantique, en 1800, il n'était toujours que
classique. Ses études lui avaient fait aimer
Démosthène, Plutarque, Tacite, Lucain, tous
les anciens. C'est dire qu'il n'admettait qu'avec
répugnance le pouvoir d'un seul. Mais quand
le monarque était un tyran avéré, régnant au
nom du caprice et imposant sa volonté comme
une loi, le jeune Jurassien, se réfugiant dans
l'histoire, n'hésitait pas à invoquer le retour des
Timoléon et des Brutus. Vous voyez qu'il s'appuyait sur les grands exemples pour ramener
le règne de la liberté. Au reste, c'est ce qu'il dit
en termes un peu pompeux, mais fort éloquents,
dans les premières strophes de l'ode.

LA NAPOLÉONE

ODE

Que le vulgaire s'humilie
Sur les parois dorés du palais de Sylla,
Au-devant des chars de Julie,
Sous le sceptre de Claude et de Caligula.

Ils régnèrent en dieux sur la terre tremblante ;
  Leur domination sanglante
  Accabla le monde avili ;
Mais les siècles vengeurs ont maudit leur mémoire.
Et ce n'est qu'en léguant des forfaits à l'histoire
  Que leur règne échappe à l'oubli.

  Qu'une foule pusillanime
Brûle aux pieds des tyrans son encens odieux ;
  Exempt de la faveur du crime,
Je marche sans contrainte, et ne crains que les dieux.
On ne me verra pas mendier l'esclavage,
  Et payer d'un coupable hommage,
  Une infâme célébrité.
Quand le peuple gémit sous la chaîne nouvelle,
Je m'indigne d'un maître, et mon âme fidèle
  Respire encor la liberté.

Jusqu'ici vous ne voyez que des généralités, le cri qui retentit dans toutes les démocraties contre les abus de l'autorité royale. Un peu de patience, et nous voilà dans le cœur du sujet. Le poète prend l'usurpateur corps à corps et il ne le lâche plus. Il a bien soin d'abord de nous peindre ce Corse, plein de cautèle, le même qui a détourné à son profit l'héritage du 21 janvier 1793, c'est-à-dire qui s'est substitué à une tête de roi coupée par le bourreau.

Nota. — Sachez bien voir, qu'étant un républicain bigarré de royalisme, Charles Nodier regarde l'immolation de Louis XVI comme un crime. Il en fait même un parricide. Évidemment, il y a là une sorte de contradiction : s'il s'agit du tyran Corse, il doit mourir. Tuez-le ! Il n'en est plus de même pour le roi de la souche des Bourbons. Mais ne nous arrêtons pas à ces dissonances, et citons.

> Il vient, cet étranger perfide,
> Insolemment s'asseoir au-dessus de nos lois;
> Lâche héritier du parricide,
> Il dispute au bourreau la dépouille des rois.
> Sycophante vomi des murs d'Alexandrie,
>   Pour l'opprobre de la patrie
>   Et pour le deuil de l'univers.
> Nos vaisseaux et nos ports accueillent le transfuge,
> De la France abusée il reçoit le refuge,
>   Et la France en reçoit des fers !

On l'a déjà vu : le jeune poète était fort enthousiaste. Il pleurait d'attendrissement en lisant *Werther*, alors dans sa primeur. De même, il avait, d'abord, vivement applaudi le brillant soldat de la Révolution. Peut-être même l'avait-il quelque peu chanté en secret. Mais, au quatrième couplet, il redevenait le nourrisson de Tacite.

Il interpelle alors Bonaparte en le sommant de descendre d'un trône volé tant au roi qu'au peuple. En même temps, il l'adjure de rentrer dans les rangs de l'armée. Le violateur des lois n'obéissant pas à l'injonction, le poète, s'érigeant en justicier, lui rappelle le sort de César, son modèle.

> Pourquoi détruis-tu ton ouvrage,
> Toi qui fixas l'honneur au pavillon français ?
> Le peuple adorait ton courage,
> La liberté s'exile en pleurant tes succès.
> D'un espoir trop altier son âme s'est bercée.
> Descends de ta pompe insensée ;
> Retourne parmi tes guerriers.
> A force de grandeur, crois-tu pouvoir t'absoudre,
> Crois-tu mettre ta tète à l'abri de la foudre
> En te cachant sous des lauriers ?

Une fois lancé sur ces plaintes, il ne s'arrête plus qu'il n'ait dit tout son mal au cœur. Cette première menace, la foudre, renouvelée de l'antique, est bientôt suivie d'autres objurgations plus formelles et qui tournent à la prophétie.

> Quand ton ambitieux délire
> Imprimait tant de honte à nos fronts abattus
> Dans le songe de ton empire,
> Rêvais-tu quelquefois le poignard de Brutus ?
> Voyais-tu se lever l'heure de la vengeance
> Qui vient dissiper ta puissance
> Et les prestiges de ton sort ?
> La roche tarpéienne est près du Capitole ;
> L'abime est près du trône, et la palme d'Arcole
> S'unit aux cyprès de la mort.

Jamais, comme on peut le voir, le régicide n'a été plus nettement prêché. C'était surtout ce qui effrayait la nouvelle cour. Que serait-il arrivé, en 1804, si « le poignard de Brutus » eût fendu la poitrine du nouveau Jules ? Ces vers, colportés partout, pouvaient susciter des vengeurs. Et François Arago, alors élève de l'École polytechnique, raconte dans ses *Mémoires* qu'un de ses jeunes camarades, esprit d'élite, était obsédé de pensées qui le poussaient à aller tuer le vainqueur dans son palais même. Il y en avait beaucoup d'autres, en haut et en bas de l'échelle sociale. Jugez si Bourrienne était pâle en arrêtant l'attention de Fouché sur cette strophe.

Quant à la sixième stance, elle est sans

contredit la plus éloquente, parce qu'elle est d'une sublime élévation. Effectivement, laissant là le poignard des libérateurs, elle invoque, sous forme de châtiment, l'éternelle justice de l'Histoire, châtiment qui ne finit pas.

> En vain la crainte et la bassesse
> D'un culte adulateur ont bercé ton orgueil:
> Le tyran meurt, le charme cesse,
> La vérité s'arrête au pied de son cercueil.
> Debout, dans l'avenir, la justice implacable
> Evoque ta gloire coupable
> Veuve de ses illusions.
> Les cris des opprimés tonnent sur ta poussière
> Et ton nom est voué par la nature entière
> A la haine des nations.

Mais qu'importent au triomphateur l'indignation de la postérité et les colères de l'avenir? Enivré de grandeur, il ne se préoccupe que de l'heure présente. Demain est un mot vide de sens. Qu'est-ce que ce demain qui n'existe pas? Et, en agitant cette pensée désolante, Charles Nodier s'afflige en supposant que le voleur de couronnes peut mourir en paix dans son lit. Il mourra donc en ne cessant pas d'être couronné, encensé, déifié. Dans ce cas-là, le poète ne s'adoucit pourtant pas. Tout au contraire, il excite les *Amis de la Vertu*, les Philadelphes, à persister dans le sacrifice. Il faut qu'ils sachent mourir.

> Longtemps aux lois de la victoire
> Ton bras triomphateur a soumis le destin.
> Le temps s'envole avec ta gloire,
> Et dévore, en fuyant, ton règne d'un matin.
> Hier j'ai vu le cèdre, il est courbé dans l'herbe.
> Devant une idole superbe
> Le monde est las d'être enchainé.
> Avant que tes égaux deviennent tes esclaves,
> Il faut, Napoléon, que l'élite des braves
> Monte à l'échafaud de Sydney.

Très belle strophe, très belle fin, aussi, on en conviendra. Ce sont les *Iambes* d'Auguste Barbier trente ans avant 1830 ; ce sont les *Châtiments* avant la venue de Victor Hugo.

Cette pièce, dont les exemplaires imprimés ne se retrouvent pas, devant être chantée en grand chœur dans les banquets de la société, un de ses membres les plus anciens, M. Francis d'Allade, l'avait mise en musique. Mais ses mâles accents retentirent au dehors et parvinrent jusqu'à Napoléon. Tous les limiers de la

3

police se mirent alors à la recherche de l'auteur; on ne le nommait point, et avant de s'arrêter sur Nodier, jeune homme inconnu alors, les soupçons planèrent sur les partisans moins obscurs du républicanisme et du royalisme. On en arrêta plusieurs, mais sans mettre la main sur le vrai coupable. Cependant le nouvel empereur, si irascible, s'impatientait. Encore une fois qui donc avait fait la *Napoléone ?* On ne savait alors que trois hommes en état d'écrire un tel poème : 1° Le bossu Desorgues, l'auteur de l'*Ode à l'Être suprême.* Bonaparte l'avait fait mettre à Bicêtre, de force, près du marquis de Sade ; 2° Marie-Joseph Chénier, l'auteur de la *Promenade à Saint-Cloud.* Il vivait dans la retraite, tout entier à son *Cours de littérature* ; 3° Ecouchard Lebrun, dit Pindare. Il s'était rallié à l'empereur, lequel l'avait nommé son lecteur ordinaire, — bien qu'il fût aveugle.

Pourtant comme il fallait à toute force qu'on trouvât un auteur à ce crime, on s'empara du libraire. Ce fait violent changeait la face des choses. Alors, loin de vouloir fuir un danger qui se révélait par le dévouement d'autrui, Charles Nodier alla se dénoncer lui-même.

Tout en riant, il fit, un matin, son entrée chez
le préfet de police et, là, il se mit à réciter tout
haut le bel alexandrin de Virgile dans l'épisode
de Nysus et d'Euryale : — *Me, me adsum qui
feci : in me convertite ferrum.* — Et, en bon
français : « — Tenez, monseigneur, c'est moi
le coupable, faites-moi coffrer au plus vite. » —
Le duc d'Otrante n'en revenait pas. Si jeune et
déjà conspirateur !

Jeunes gens d'aujourd'hui, feuilletez sa belle
prose et voyez ce qu'il raconte à ce sujet. On
le jeta dans un cachot de Sainte-Pélagie, et il
commença dans cette prison la longue expiation
du vœu de liberté qu'il avait eu le courage de
faire entendre. De Sainte-Pélagie, on le mena de
prison en prison, et on finit par le reléguer
dans sa ville natale. Là, inquiété par les soupçons de la police et se redoutant lui-même,
il s'imposa un exil volontaire, et quitta le
foyer paternel pour parcourir les montagnes
du Jura et les hautes vallées de la Suisse.
Un complot qui vint à éclater dans ce pays
motiva de nouvelles persécutions contre lui : il
parut naturel que l'auteur de la *Napoléone*,
se trouvant sur le théâtre présumé où s'exécu-

tait la conjuration, dût en être complice.

On l'arrêta donc, mais des paysans le déli-
vrèrent. Il erra de nouveau dans les montagnes,
souvent sans pain, sans asile, et ne trouvant
d'assistance que dans les couvents ou les pres-
bytères. C'est là qu'il passa, se livrant à l'étude
des livres poudreux des cloîtres, les longues
et solitaires journées de son exil; c'est là
qu'il amassa, grâce à ces bibliothèques mo-
nastiques, auxquelles il voua toujours une
juste reconnaissance, les trésors de son iné-
puisable érudition. Mais on l'avait découvert au
milieu de ces laborieuses études et il dut fuir
ces paisibles ermitages du Jura. Il passa en
Suisse, allant d'une ville à l'autre, et plutôt
que de solliciter une hospitalité gratuite de ceux
qui, comme les moines, ne s'en faisaient pas
une expresse loi, il se résigna courageusement
à exercer les plus modestes industries. Ici
correcteur d'imprimerie, là enlumineur, mais
toujours homme, dit le biographe, et marchant
avec fierté à travers les misères d'une proscrip-
tion dont la cause était si honorable. Cependant l'empereur, étant puissant en Suisse, exigea
l'extradition de Nodier. Il recommença donc sa

vie errante, rentra en France avec une troupe d'ouvriers italiens, se cacha à Besançon, puis, découvert encore, s'enfuit à Laybach dans le Tyrol, où un de ses parents lui avait ménagé une place de bibliothécaire.

Il y resta jusqu'en 1815, où la Restauration vint finir son exil, et où il put commencer cette vie d'étude et retrouver ce repos que la mort ne lui enleva, Dieu merci, qu'en 1844. Mais cet incorrigible, lorsqu'il se livra à la police du duc d'Otrante, était un récidiviste.

Déjà, au lendemain du 18 Brumaire, il avait commis un crime bien curieux. Il s'agit de cet ironique *Billet de faire part* où, républicain et royaliste tout ensemble, il annonce la mort de la Constitution de l'An III, la mort de la forme républicaine.

> Partisans de la République,
> Grands raisonneurs en politique,
> Dont je partage la douleur,
> Venez assister en famille
> Au grand convoi de votre fille,
> Morte en couche d'un empereur.
>
> L'indivisible citoyenne,
> Qui ne devait jamais périr,

N'a pu supporter, sans mourir,
L'opération césarienne.
Mais, hélas ! vous n'y perdrez rien,
O vous que cet accident touche,
Car, si la mère est morte en couche,
L'enfant, du moins, se porte bien.

Après la chute de l'Empire, Charles Nodier devint journaliste militant au *Conservateur*, à la *Quotidienne* et au *Journal des Débats*; mais peu à peu il revint aux lettres proprement dites, fit des Contes que tout le monde lisait et aussi le *Dernier banquet des Girondins*. A la Bibliothèque de l'Arsenal, dont il était le conservateur, il avait fait de son salon une réunion de choix, formée de tout ce qui avait un nom dans le Paris de la littérature et de l'art. De ce salon, le vieux Ballanche disait : « C'est un dème d'Athènes. » — Charles Nodier n'a pas et n'aura jamais de statue, et je ne crois pas qu'on ait songé à donner son nom à l'une de nos rues. Quels ingrats éhontés, nous sommes tous !

III

LA CHANSON

DU GÉNÉRAL DE LA SALLE

On ne peut pas les nommer tous, tant ils sont nombreux, les premiers volontaires qui ont aidé à fonder la République. Non, il serait impossible d'énumérer tous ces noms, parce que la liste serait trop longue et qu'elle fatiguerait l'admiration publique. Je demanderai pourtant à en citer quelques-uns, les principaux. En tête, pour commencer, il y a eu d'abord La Fayette, retour d'Amérique, déjà anobli par l'amitié de Washington, illustré plus tard par

la captivité d'Olmütz. Après lui apparaissent,
coup sur coup, dans un merveilleux rayonne-
ment de gloire, vingt Achilles et autant d'Ajax.
Ce grand jeune homme, d'une si belle allure,
c'est Lazare Hoche, le général en chef de
l'armée du Rhin, le pacificateur de la Vendée.
A côté de lui, Kléber, un géant, un héros d'Ho-
mère. Tout près, Marceau, la vertu guerrière
en personne ; Desaix, un lion sous un visage
d'éphèbe, celui que les Arabes du Caire sur-
nommèrent le *Sultan juste*. Viennent ensuite
Jourdan, le vainqueur de Fleurus ; Champion-
net, l'organisateur de la République Parthéno-
péenne ; Joubert, le conquérant de l'Italie du
Sud ; Bernadotte, un républicain dont on fera
un roi. Sur le second plan, combien d'autres
figures de haute taille ! Masséna, Ney, Davout,
Murat, Junot, Augereau, Soult, Moncey, Bes-
sières, Macdonald, Lannes, Lefebvre, Suchet,
Berthier, et, brochant sur le tout, Bonaparte !

Je vous le répète, impossible de les nommer
tous, car, très certainement, on en trouverait
aisément cent autres à montrer à nos fils. Il en
est même de trop célèbres, que l'histoire cache
à demi dans une sorte de pénombre, tels que

Dumouriez, Moreau, Pichegru, Dupont, Raguse et Bourmont. Silence sur ceux-là et inclinons-nous toujours devant les autres ! Quelle prodigieuse époque que ce mouvement militaire de la Révolution, et comme, en y fixant un peu nos regards, il ne nous est point permis de douter de l'étonnante fécondité de notre terre de France ! — Enfants ! ne désespérez de rien !

Non, encore une fois, je ne les ai pas tous nommés et, par exemple, je n'ai pas écrit le nom de celui qu'on a si bien, et à si bon droit, célébré voilà quelques années.

Il y a eu, à ce sujet, dans la chapelle des Invalides, une cérémonie tout à la fois auguste et touchante. Ce jour-là, le canon tonnait, les cloches tintaient, l'orgue se faisait entendre, l'encens .fumait. Au chœur, les prêtres chantaient. La surveille, une délégation française était allée en Autriche pour y chercher quelques ossements ensevelis, depuis Wagram, dans un cimetière de village.

En passant, disons, s'il vous plaît, que les princes de la Maison de Habsbourg se sont respectueusement découverts devant ces restes d'un des combattants de la noble démocratie

3.

d'il y a cent ans. Preuve que l'ère de 89 et ceux qui soutenaient ses trois couleurs ont fini par faire en Europe une trouée victorieuse, puisque les Césars eux-mêmes saluent le drapeau que les nôtres ont promené à travers le monde. N'oublions pas de noter aussi à quel point s'est honorée la troisième République en allant retrouver à l'étranger cette dépouille mortelle d'un patriote pour la placer à quelques pas de celle de Turenne.

Ce général de La Salle avait beau dormir en terre étrangère, la France ne l'oubliait pas. En lui, on voyait le type le plus complet du fier soldat de 1792 à 1808. Au moment où la Convention nationale déclarait la patrie en danger, cent mille paysans accouraient,

Pieds nus, sans pain, sourds aux lâches alarmes.

A la même heure, on voyait se présenter, l'un des premiers, devant les registres d'enrôlement, un jeune homme, presque un enfant, qui se plaignait de ce que ses moustaches étaient trop lentes à pousser. C'était lui. Arrière-petit-fils de Fabert, il avait, en raison de cette origine, mêlée au sang de ses veines, une forte dose d'humeur martiale. Comme il était très jeune, de haute taille, fort bien fait de sa personne, il opta pour la cavalerie. On l'incorpora dans un régiment de hussards. Dès le début, il fut et il est resté le premier cavalier de cette Grande Armée, où l'on comptait tant de sabreurs d'élite. De là son avancement rapide, d'abord sous la République, puis sous l'Empire. Napoléon n'avait pas mis longtemps à l'apprécier. On sait son mot : « Si j'avais deux La Salle, disait-il, je serais invincible. »

Ce qui distinguait le brillant volontaire de 92, c'est qu'il n'avait pas son pareil dans la bataille. Une fois en selle, au moment de l'action, après avoir tiré le sabre du fourreau, il faisait signe à ses hommes et se jetait dans la mêlée avec la fougue et la rapidité d'un ouragan. Il a ainsi vingt fois décidé du sort d'une journée. Mais il y avait en ce soldat une autre aptitude précieuse : c'était un intarissable mouvement de belle humeur. Des cinq cent mille êtres humains que Napoléon remuait sur son échiquier comme des pions, nul n'était plus alerte ni plus

gai. Au bivouac, pendant l'entr'acte de deux
victoires, il chantait volontiers et même il
chantait volontiers des couplets dont il avait
lui-même tourné les vers.

En ce temps-là, âge d'épicuréisme par excellence, la chanson était fort en honneur. Nos
pères avaient toujours quelque joyeux refrain
sur les lèvres. On ne se mettait jamais à table,
sans chanter au dessert. Quand le jeune cons-
crit vit sonner ses vingt ans, il y avait encore
en l'air un peu de la poésie de Collé. Les strophes si aimables de l'abbé de l'Atteignant
n'avaient pas été oubliées. On fredonnait, chaque
jour, les œuvres du bon Panard. Telle avait
été, par instinct, l'école du jeune rapsode. Il a
fait trois chansons, à ce que m'a dit Albert de
La Salle, l'un de ses arrière-petits-fils, toutes
taillées sur le modèle de ces maîtres. Mais il
en est une, parmi les trois, qui peut passer pour
son chef-d'œuvre, et qui suffirait à rendre immortel le nom de son auteur.

Cette chanson est celle qui a pour titre : la
Petite Fanchon. Trois couplets seulement et
en vers de huit pieds. Au point de vue de la
prosodie, on n'y trouve rien de miraculeux ;

mais tout y est d'une verve endiablée, les paroles et la musique. La musique surtout, tout
à la fois joyeuse et conquérante, frappe agréablement l'oreille ; elle va de la tête au cœur et
réveille l'auditoire comme une sonnerie de
clairon. Vous diriez d'une envolée d'abeilles à
l'entour d'une épée.

Il faut ajouter que ces trois couplets, ourdis
sans grand art, sont bien un écho de la philosophie d'il y a cent ans. L'amour sans phrase, la
bonne chère, un essor d'insouciance voltai-
rienne : rien de mieux approprié aux pratiques
de cette vie de soldats dont aucun n'était sûr de
son lendemain, puisque chacun d'eux pouvait
rencontrer, tous les jours, la Mort sur les
champs de bataille. *Carpe diem*, dit Horace.
« Cueille le jour. » Jouis de l'heure présente.
Oui, mange, bois, fais l'amour et moque-toi
du reste. Voilà ce que disent ces vers d'un
sensualisme tout païen.

Il y a cent ans que le général de La Salle a,
pour la première fois, chanté la *Petite Fanchon* dans un repas d'officiers généraux, et, ce
jour-là, après Marengo, il y avait sur la table
encore plus de lauriers que de fleurs. Tous les

assistants ont applaudi, et surtout un petit homme à figure émaciée et pâle qui, déjà, tenait dans ses mains les destinées de l'Europe. Depuis lors la chanson bachique et guerrière a pris son vol pour devenir tout à la fois un chant de plaisir et un hymne de combat. On l'a jouée sur tous les clavecins d'alors. On l'a notée dans le répertoire des régiments et elle a réglé la marche de nos armées triomphantes. Le peuple, en masse, l'a vite adoptée. Il n'y a pas un hameau en France où elle n'ait pénétré et où elle ne vive encore. J'ose dire et je dis très nettement qu'elle est plus populaire que la *Marseillaise* elle-même, car, celle-là, on la sait, par cœur, d'un bout à l'autre.

Rappelez-vous seulement son refrain :

> Elle aime à rire, elle aime à boire,
> Elle aime à chanter comme nous.

La *Petite Fanchon* a donné l'éveil à deux belles choses ; ç'a été d'abord, le *Vieux Drapeau*, ce poème que Béranger a improvisé à propos d'une pétition fameuse, présentée à la Chambre des députés par le général Foy, grands et beaux vers, que le crayon de Raffet a si bien illustrés.

Quand secouerai-je la poussière...

En second lieu, ç'a été une cantilène d'amour, faite de main de maître par Théodore de Banville, sous ce titre : *Marguerite*. Il y a quarante-cinq ans, lorsque le *Corsaire* était une sorte de gymnase lyrique, avec Baudelaire, Banville, Vitu, Jules Viard, Hippolyte Castille, etc., etc., Henry Mürger, qui avait une voix argentine des mieux timbrées, nous chantait cette *Marguerite* avec un charme infini, de même qu'il nous faisait connaître les *Bœufs* et la *Musette* de Pierre Dupont.

Mais il y a mieux que ces souvenirs : la *Petite Fanchon* a joué un rôle de premier ordre dans un grand drame du premier Empire, et c'est un fait que je vais m'efforcer de faire passer sous vos yeux. Avant tout, sachez qu'il s'agit d'un épisode de la guerre d'Espagne, ce duel terrible que, pour le malheur de la France et pour le sien propre, Napoléon avait engagé avec le plus chevaleresque de tous les peuples.

Pour faire asseoir sur le trône de Madrid son frère Joseph, qui était le plus insignifiant de tous les hommes, Bonaparte avait rusé jusqu'à la tromperie. « — Sire, vous cousez la peau du renard à la peau du lion », lui disait un courtisan. Mais ce jeu ne devait pas lui réussir ; il commençait à être le signal de sa chute. A la voix de Xavier Mina, un étudiant, et d'Espoz-y-Mina, son oncle, un palefrenier, deux morceaux d'un Cid, l'Espagne entière s'était soulevée. Nobles, prêtres, soldats, le peuple, les moines, les femmes, les enfants eux-mêmes s'armaient contre les *gavachos*, c'est-à-dire contre les Français. Comme ils ont tenu tête à l'invasion ! Ils ont chassé et Murat et Joseph, contrecarré Soult, Suchet, Ney, Junot, La Salle et Napoléon lui-même. Race héroïque qui avait déjà donné du fil à retordre à Charlemagne, ce Napoléon d'autrefois.

Vous devinez bien qu'entre nos soldats et leurs guérillas la guerre était acharnée, impitoyable. Ce n'était plus qu'une affaire d'extermination. De part et d'autre, tous les moyens étaient bons. Or, certain jour, en 1806, un faible détachement de chasseurs, envoyé en reconnaissance, fit halte pour la nuit dans un village appelé Figueras. On était arrivé devant la porte d'un couvent ayant un peu l'aspect d'un château féodal. C'était la seule maison du lieu qui parût devoir offrir quelques ressources à des gens affamés et qui avaient besoin de se reposer des fatigues d'une longue marche.

— Holà ! cria le chef de la troupe après avoir arrêté son cheval. Ouvrez, ou, de par tous les diables, vos *Pater* et vos *Ave* ne vous serviront de rien !

Et, en parlant ainsi, il frappait à coups redoublés de son sabre, comme pour indiquer que, si l'on ne se hâtait d'obéir, ses menaces ne tarderaient pas à s'accomplir. Il y eut alors quelques minutes de silence pendant lesquelles on eût dit que les personnes de l'intérieur délibéraient sur la conduite à tenir. Après ce court instant, la porte s'ouvrit. On vit aussitôt apparaître un vieillard revêtu de la robe blanche de l'ordre de saint Benoît, avec une longue barbe grise.

— *Buenas noches*, mon père ! dit le capitaine français d'un ton railleur, en faisant une

profonde révérence. J'apporte à votre sainte
communauté force compliments de l'empereur
Napoléon et de votre roi Joseph. Je compte, en
conséquence, sur une bonne réception. Vos
caves sont fort bien garnies sans doute ?

Là-dessus, le capitaine Laville, car c'était là
son nom, ordonna à ses soldats de mettre pied
à terre et de placer leurs chevaux dans la cour.
Il se dirigea, suivi de deux autres officiers, un
lieutenant et un sous-lieutenant, vers la demeure
des moines. Cette brusque apparition de trois
mécréants fit naître de grands signes de croix.

Quand ils entrèrent dans le réfectoire, tous
les frères, qui s'y trouvaient assemblés, se
levèrent de leurs sièges et considérèrent avec
calme les nouveaux venus.

— Pardonnez-moi, mes pères, dit Laville à
qui leur contenance pleine de dignité en imposa
un moment, excusez-moi d'être venu ainsi vous
surprendre ; mais mes gens ont besoin de repos.
Or, en ce temps de trouble, je ne crois pas
avoir de meilleure excuse à vous offrir pour le
dérangement que je vous cause. Il faut que ma
troupe trouve ici une bonne chère, un bon gîte,
ou autrement...

Et il toucha de sa main la poignée de son sabre.

— Mais, continua-t-il, j'espère que nous ne serons pas forcés d'en venir à de si dures extrémités : il y aurait trop de chances en notre faveur.

— Seigneur français, répondit l'abbé, — une très belle tête d'ascète, — vos désirs seront remplis, alors même qu'ils ne seraient pas tout à fait conformes aux nôtres.

Sur ce, il pria ses hôtes de s'asseoir et recommanda aux frères servants d'apporter ce qu'il y avait de meilleur dans le couvent.

La table fut dressée et couverte d'*olla podrida*, d'agneaux rôtis, de pastèques, de grenades, d'amandes fraîches. Bientôt la défiance fit place à la plus franche cordialité. Pour un petit espace de temps, le prieur quitta la salle du festin et revint accompagné de deux moines qui portaient d'immenses vases d'argent remplis d'un vin délicieux.

—Ah ! si au lieu d'être dans cette boîte à bon Dieu, nous étions à Madrid ou à Séville, avec quelques jeunes et jolies Espagnoles... vous m'entendez bien ?... dit un jeune sous-lieutenant.

Une étincelle de rage brilla dans les yeux de l'abbé, mais il fit taire son indignation et se contenta de sourire amèrement en regardant le jeune officier.

— N'ayez pas peur, seigneur français, reprit-il. A la fête de cette nuit, rien ne manquera de ce que Dieu permet. Elle sera telle que vous n'en aurez jamais par la suite de meilleure. Pourtant, que le Seigneur nous garde d'abriter sous notre toit des êtres aussi abominables que ceux dont vous venez de parler.

— Laissez dire le sous-lieutenant, reprit le capitaine Laville ; c'est un jeune fou pour qui les femmes sont encore quelque chose dans la vie. Trêve de plaisanterie. Goûtons le vin : cela vaut bien mieux. Mais, bon père, ajouta-t-il après avoir empli son verre, je veux que nous trinquions ensemble. Permettez-moi de vous offrir à boire.

— Les règles de notre ordre nous défendent de boire du vin, autrement que pour le saint sacrifice de la messe, répondit l'abbé. Vous m'excuserez donc, ainsi que mes frères, de ne pas me joindre à vous.

Ici, le capitaine sourit ironiquement comme

s'il eût pensé que ce fût pure hypocrisie de la part du religieux. Il porta ensuite le gobelet à ses lèvres, puis, une autre idée s'étant tout à coup offerte à son esprit, il le replaça sur la table sans y avoir touché. Les moines le regardèrent en silence... Ils semblaient attendre avec inquiétude l'explication du Français.

On avait fait entrer tous les soldats.

— Mes amis, s'écria Laville, nous sommes en pays ennemi, et les cafards sont capables de tout. Ne buvez pas ! Ne buvez pas encore !

Tandis qu'il parlait de la sorte, tous les yeux étaient fixés sur l'abbé, dont la figure vénérable et calme semblait démentir les soupçons de l'officier.

— Donnez-nous l'exemple ; buvez d'abord de ce vin, vous et vos frères, continua Laville ; après, nous verrons.

L'abbé éleva ses regards vers le ciel et parut un instant plongé dans la méditation. Prenant ensuite le verre qui lui était offert, il en avala le contenu. Chaque membre de la communauté but à son tour.

— Êtes-vous content, maintenant ? dit le

prieur. Vos doutes si peu généreux se sont-ils
évanouis?

— Oui, reprit le Français. En voici la
preuve.

Et il vida à son tour son gobelet. — Tous
ses frères d'armes en firent autant, et comme
c'était du val-de-peñas, on réitéra plusieurs fois
cette manœuvre. L'abbé veilla à ce qu'une
quantité suffisante de la même liqueur fût dis-
tribuée aux soldats, qui bénirent leur bonne
fortune.

— Permettez! reprit le capitaine; chez nous,
en France, l'usage est de ne pas boire sans
chanter. Eh! Pirard, beau sous-lieutenant,
chante-nous donc quelque chose. Ça amusera
ces bons moines.

— Que chanter, capitaine?

— Eh, pardieu! l'air à la mode : la chanson
du général de La Salle.

— C'est ça! c'est ça! La *Petite Fanchon!*

Et le sous-lieutenant Pirard, qui avait une
jolie voix de ténor, se mit, en effet, à chanter.

— Attention, bons pères, dit-il, et écoutez-
moi un peu ça!

Ici, nous faisons une pause :
J'aperçois l'ombre d'un bouchon,
Et, sur ma petite Fanchon,
Je vais vous chanter quelque chose.

Ah ! que son entretien est doux !
Qu'elle a de puissance et de gloire !
Elle aime à rire, elle aime à boire,
Elle aime à chanter comme nous.

Ici, tout le détachement de répéter le refrain
en chœur.

— Second couplet, reprit le sous-lieutenant :

Fanchon, pourtant bonne chrétienne,
Fut baptisée avec du vin.
Un Champenois fut son parrain,
Un Bourguignon fut sa marraine.

Ah ! que son entretien est doux.

. . . .

— Cette Fanchon qu'on baptise avec du vin
des premiers crus, entre nous, ça n'est guère
catholique ça, objecta une voix. Aussi, dame,
si ces moines font un nez, c'est dans l'ordre,
après tout !

Sans s'arrêter à l'objection, le chanteur arriva
au troisième et dernier couplet.

Un jour, le voisin La Muscade
Voulut lui prendre le corset,
Elle répond par un soufflet
Sur le museau du camarade.

Et, aussitôt tous les soldats de répéter en chœur le refrain :

Ah ! que son entretien est doux !
Qu'elle a de puissance et de gloire !
Elle aime à rire, elle aime à boire,
Elle aime à chanter comme nous.

— Mais dites donc, s'écria, en ce moment, le capitaine Laville, en interpellant l'abbé et ses acolytes, nous chantons et vous ne dites rien. Voyons, frocards, un peu de bonne volonté et chantez avec nous !

Ici, le prieur fit trois pas en avant et, en fixant le capitaine d'une manière étrange, il dit :

— Eh bien, je vais chanter à mon tour, et un cantique qui sera tout à fait de circonstance, je vous en réponds.

Aussitôt en élevant la voix d'une manière terrible, il commença le psaume de David :

— *De profundis clamavi ad te, Domine, exaudi vocem meam.*

Au premier moment, les soldats, interloqués, s'étaient mis à rire. Sur un signe de leur chef, deux autres moines récitèrent le second verset du psaume :

— *Fiant aures tuæ intendentes in vocem deprecationis meæ.*

Pour le coup, un frisson d'épouvante parcourut toute la troupe française.

— Ah çà ! s'écria Laville, blêmissant, qu'est-ce que ça signifie, cafards ?

— Cela signifie, répondit l'abbé, d'un ton grave, que vous, Français impies et, nous, religieux, nous sommes tous empoisonnés !

Rien de plus vrai.

A deux heures de là, tous étaient morts.

Cet épisode de la guerre d'Espagne n'est pas un roman, mais une réalité. Vingt historiens le racontent.

On l'a retrouvé, presque trait pour trait, dans le dernier acte de *Lucrèce Borgia* (le Souper chez la Negroni). — Victor Hugo élevé en Espagne, a dû connaître ce fait, tout enfant,

et il se l'est sans doute rappelé, plus tard, en
1833, pour faire dire par la belle voix de mademoiselle Georges : « Messeigneurs, vous êtes
tous empoisonnés ! »

Habent sua fata libelli, dit un proverbe
latin. Mais ce ne sont pas seulement les livres,
ce sont aussi les vers qui ont leurs destinées.
Voilà tantôt cent ans que ces trois couplets de
caserne ont été composés par un jeune volontaire de la République. Depuis lors, que de
grands poèmes, que d'odes superbes, que de
monceaux de vers de tout rythme et de toute
couleur ont été emportés par le temps pour ne
jamais revenir ! Et la chanson du général de
La Salle, toujours jeune après un siècle, a tra-
versé les jours et l'espace pour ne point sortir
de la mémoire des hommes. Point d'heure où
l'on ne la chante entre soldats, entre paysans,
entre ouvriers, à la caserne, à l'usine, au caba-
ret et dans la cabane du pauvre, partout où bat
l'âme du peuple.

Napoléon aimait le général de La Salle jusqu'à la faiblesse. Tantôt il excusait ses incar-
tades vis-à-vis des autorités civiles, tantôt il

lui payait ses dettes, et très fortes, et très nom-
breuses. Si le brillant cavalier n'eût pas été
tué, le sabre à la main, sur le champ de bataille,
il en aurait certainement fait un maréchal de
France.

En 1893, la République française reconnais-
sante, a inauguré à Lunéville, sur notre nouvelle frontière, hélas! la statue en bronze de
l'Achille de notre cavalerie. Tout ce qui nous
reste de la pauvre Lorraine a voulu assister à
cette fête patriotique. Ce jour-là, au bruit du
canon et des fanfares, cinquante mille voix ont
répété le refrain de la *Petite Fanchon*.

IV

L'HOMME AU CAMÉLIA

Il y a soixante ans, chez nous, un homme se complétait presque toujours par un autre homme; Oreste n'allait pas sans Pylade. C'est ainsi que, pendant un très long temps, Émile de Girardin s'est montré, chaque jour, bras dessus, bras dessous, avec une personnalité essentiellement parisienne, alors fort en vue. Les échos du boulevard des Italiens n'ont pas tout à fait oublié Lautour-Mézeray, un des viveurs les plus brillants du règne de Louis-

4.

Philippe, mort préfet d'Alger. L'un et l'autre, le journaliste et l'élégant, ont été plus unis que ne le sont deux doigts de la main. On ne les rencontrait jamais qu'ensemble. Qui parlait à l'un s'adressait à l'autre. Quand Émile de Girardin se maria avec Delphine Gay, la Muse de la Patrie, Lautour-Mézeray fut son témoin. Il était aussi son témoin le jour du duel avec Armand Carrel. Ça été un appareillement non interrompu, quelque chose comme la gaine et le poignard.

Lautour-Mézeray était d'une origine des plus correctes. Vers la fin du règne de Charles X, lorsqu'il faisait ses débuts dans le monde, on ne tardait pas à voir qu'il avait eu une éducation raffinée, mais plus mondaine que littéraire. Imaginez-vous un jeune homme de haute taille, d'une figure agréable, quoiqu'un peu altière.

Nul ne portait mieux la tête. Pas un ne prenait un soin plus méticuleux d'être habillé à la mode du jour. Signe distinctif : en quelque saison qu'on se trouvât, été comme hiver, il arborait à la boutonnière de son pardessus un camélia blanc, fleur fort rare à Paris, il y a trois quarts de siècle, et qui ne coûtait pas moins de. cinq francs la tête.

Tous les Mémoires du temps vous l'apprendront : la génération du lendemain de 1830 se distinguait par des prédilections ou des bizarreries charmantes. H. de Balzac a porté en public une canne de tambour-major ; Victor Hugo, place Royale, dans l'hôtel qu'avait jadis occupé Marión Delorme, s'asseyait sur un fauteuil surmonté d'un baldaquin de style asiatique ; Alfred de Vigny sortait avec un jonc à pomme d'or sur lequel étaient gravées les initiales d'un nom de femme, celui d'une célèbre actrice ; Alphonse Karr se faisait suivre d'un Terre-Neuve qu'il tenait en laisse ; George Sand, cette arrière-petite-fille du grand maréchal Maurice de Saxe, s'habillait en homme ; Lautour-Mézeray s'attachait, corps et âme, à la plus belle des fleurs d'Amérique. Raison pour laquelle les promeneurs du boulevard de Gand l'avaient surnommé : *L'Homme au Camélia*.

Comment Émile de Girardin et lui s'étaient-ils rencontrés ? Peut-être s'étaient-ils connus au collège, peut-être s'étaient-ils liés ensemble dans un foyer de théâtre. Mais ils s'étaient com-

pris à première vue. Ainsi, pour eux, la cama-
raderie du premier âge a tourné vite à l'asso-
ciation. Pourtant un observateur n'eût pas été
en peine de démêler combien ces natures étaient
dissemblables. L'un était très grand, l'autre
presque petit. Ce dernier parlait malaisément,
l'autre avec infiniment de facilité. Il y en avait
un qui était effroyablement myope ; l'autre, par
contre, avait l'œil fort ouvert. Tous deux se
montraient résolus, mais pas de la même manière. Le plus grêle aimait le travail avec passion ; le plus solide, qui était aussi le plus
enjoué, faisait de la paresse, mais de la paresse dorée, une sorte de dogme ! Que de raisons de n'être pas d'accord en mille et une
choses ! Par bonheur, l'amitié sait, comme
l'amour, vivre de contrastes. Ils s'étaient donc
serré fraternellement la main et pour toujours.

Une chose à ne pas perdre de vue, c'est qu'au
début celui qui devait être un jour le plus fort
avait l'air de chercher un protecteur dans le
plus frivole, et cette attitude n'a rien qui doive
surprendre. On était alors sur la fin de la Restauration. C'était l'heure où celui dont nous
parlons hasardait ses premiers pas dans le

monde. Se sachant venu sans avoir été appelé, se voyant frappé tout à la fois par les lois et par les préjugés, ce déshérité avait besoin de tout conquérir, et le spectacle de l'isolement l'effrayait. Il lui fallait un nom, car il ne portait pas encore celui auquel il a donné plus tard tant de célébrité. Il lui fallait une position sociale, un métier, car, dans son dénuement de toutes choses, il n'avait pas même de gagne-pain. Il lui fallait surtout devenir riche, car c'était une nécessité pour lui de marcher de pair avec ceux dont il avait reçu l'être. De là, au fond de lui-même, un foyer d'envie ou d'ambition, comme on voudra, qui, avec les années, devait prendre l'allure d'une éruption volcanique.

Pour Lautour-Mézeray, la situation le poussait moins à la guerre. Il possédait par surcroît tout ce dont manquait son *alter ego* : un beau nom, nullement contesté, une belle prestance et assez de fortune pour commencer à faire figure. Étant donc bien posé dès l'enfance, accueilli, à mesure qu'il grandissait, par les sourires de la destinée, il n'avait qu'un appétit : celui du plaisir et il y joignait le ton d'un Centaure qui donne des leçons à un Achille. Voilà comment s'était arrangée cette rencontre qui avait fini par faire un personnage à deux têtes : Gil Blas et Faublas étroitement liés.

Au reste, à propos du point de départ de leur intimité, il circule une légende qui ne manque pas de piquant. Comme la chose en question a été publiée à tour de rôle par deux ou trois biographes, et qu'elle n'a été l'objet d'aucun démenti, on est en droit de la tenir pour vraie. Un détail donne, d'ailleurs, à ce récit, un certain degré de vraisemblance : c'est que le fait se passait le lendemain du jour où avait paru *Émile,* livre à la Jean-Jacques Rousseau, dans lequel l'auteur se plaint avec une touchante amertume de la sévérité du sort et des hommes à son égard. Non seulement le jeune écrivain en avait gros sur le cœur à propos du passé, mais encore l'incertitude de l'avenir lui faisait peur. On ajoute donc qu'un matin il se serait échappé de sa mansarde afin d'aller se jeter dans la Seine.

Or, aux environs du Palais-Royal, un passant lui aurait barré le chemin. — Ce passant n'était autre que Lautour-Mézeray.

— Où vas-tu?

— Me noyer.

— Sérieusement?

— Très sérieusement.

Alors le jeune viveur se serait mis à rire et, tout en se jouant, il se serait efforcé de le dissuader de donner suite à ce suicide. Il fit des phrases sur la mort volontaire, variété sacrilège de l'assassinat. Un acte de désespoir est toujours un acte de faiblesse. Et puis, est-ce qu'on se tue quand on est au printemps de la vie, quand on a vingt ans? Tout passe vite, le malheur comme le reste. Si l'on est la victime d'une injustice, le bon parti est de gagner du temps, etc., etc. Bref, après l'avoir amicalement sermonné, il fit luire à ses yeux ce qui était le plus propre à le retenir, une espérance, la lueur d'une spéculation assez féconde pour changer sa situation en quarante-huit heures.

— Viens, ajouta-t-il, nous allons fonder un journal.

— Avec quoi?

— Avec rien.

— Faire un journal sans un sou? C'est une mauvaise plaisanterie ou un rêve.

— Ce sera une réalité.

— Mais ce journal, qui l'écrira?

— Personne et tout le monde.

— Le titre?

— Le *Voleur*! Nous prendrons partout et ce qu'il y a de meilleur.

Emile de Girardin ouvrit de grands yeux. Il ne lui en fallait pas tant pour deviner et pour comprendre. Telle est la légende sur la fondation du *Voleur*. Rappelez-vous ces temps timorés et encore bégueules en fait de morale, et voyez l'effet que dut produire sur les rigoristes et sur les timides ce titre qui bravait le code, et ce journal qui érigeait en système l'habitude du pillage. A l'aide d'une paire de ciseaux, les deux publicistes improvisés butinaient le plus pur du miel des abeilles littéraires. Sans contredit, cette conception était aussi neuve que hardie. Il y eut des Catons pour crier au cynisme; mais la jeunesse applaudit, parce que, dans ce recueil, elle voyait une tribune expressément ouverte aux lettres, toujours si maltraitées par la politique. Le public aussi était gagné en ce qu'on lui offrait un choix qu'il n'aurait plus la peine de faire lui-même. En

fin de compte, le succès se révéla avec une rapidité sans pareille. Mieux que cela : pour bien
faire voir que l'entreprise était bonne et qu'elle
venait en son temps, on se hâta de l'imiter.
Darthenay fit paraître le *Cabinet de lecture*, et
Anselme Pétetin le *Pirate*, concurrences qui
réussirent.

Cependant, pour les deux frères siamois du
Voleur, cette affaire n'était qu'un premier pas.
Dans leur pensée, ce ne devait être qu'un éche-
lon en état de les aider à monter plus haut.
A dater de ce moment, en effet, ils firent
leur trouée dans le monde, mais chacun d'eux
en obéissant à ses instincts propres. Tandis
qu'Émile de Girardin, animé d'une audace qui
n'a fini qu'avec lui, fondait journaux sur journaux, tandis qu'il se jetait dans la mêlée industrielle à la manière des Yankees de New-York,
Lautour-Mézeray, de plus en plus enclin au sybaritisme, faisait figure parmi ceux qui menaient
la haute vie. L'Opéra, le sport, les salons, le
comptaient parmi leurs fidèles et il ne délais-
sait pas pour cela tout à fait le monde où l'on
écrit. C'est pourquoi les chroniques de l'époque
sont fortement bigarrées de ses boutades ou de

ses mots. Il lui échappait des traits fort piquants. Entre autres, on a retenu sa manière de parler d'H. de Balzac. En 1831, dans une causerie d'hiver, un soir, chez madame Sophie Gay, le fécond romancier étant présent, le viveur avait raconté l'histoire très dramatique de son grand-père, un revenant de la fameuse campagne de Russie. A quinze jours de là paraissait dans une *Revue* une nouvelle : *le Colonel Chabert*, qui n'était autre chose que la reproduction de ce récit.

— Ah ! s'écriait Lautour-Mézeray, ne montrez jamais votre grand-père à monsieur de Balzac, il vous le volerait pour le mettre dans un roman.

Une autre jolie chose de lui était un conseil à un débutant en journalisme, sur les invitations à dîner.

— Ne dînez que chez vous, si vous pouvez, disait-il. Une invitation à dîner, surtout chez des bourgeois, c'est un serpent qui se cache sous les fleurs. Bon ou mauvais, un repas, une fois pris, devient une hypothèque dont est grevée la personne d'un galant homme. Ceux qui ont invité ne lâchent plus leur débiteur. Pour un oui, pour un non, ils vous envoient un mot d'une allure toujours impertinente. Tantôt c'est pour un billet de théâtre, tantôt pour une réclame, toujours pour quelque autre chose. Ces gens-là ont l'univers entier à recommander : le médecin qui donne des soins à madame, l'avocat qui défend monsieur, le peintre qui fait le portrait de la famille, le pianiste qui enseigne le solfège à mademoiselle. Ça n'en finit pas. Refusez, ils répètent dix fois par jour : « Et pourtant ce petit monsieur vient dîner chez nous ! » Il vaut mieux manger à dix-huit sous chez Flicoteaux ou même ne pas dîner du tout. »

Très beau causeur, il s'entendait passablement aussi à mettre du noir sur du blanc. Il a pris plus d'une fois la plume et s'en est servi comme un graveur du burin. On a de lui cinq ou six nouvelles dans le genre du *Mouchoir bleu* d'Etienne Béquet, mais que, dans sa superbe d'aristocrate, il a dédaigné de rassembler en volume. Quelques bavards ont prétendu que, lors de la fondation de *la Presse*, en 1836, lorsque le vicomte Charles de Launay commença à publier en feuilleton ces Courriers de Paris qui ont fait école, Lautour-Mézeray avait

été le collaborateur de madame Émile de Girardin. Vu sa familiarité dans la maison, la con-
jecture était permise, mais rien n'en a jamais
démontré l'exactitude. Il se peut qu'il ait rapporté des anecdotes ou des mots, mais le tout
est bien l'œuvre personnelle de l'auteur de
Napoline.

Mais ce fashionable a su donner sous d'autres
formes, la mesure de son savoir-faire. Nous
venons de voir comment il avait, le premier,
trouvé l'idée du *Voleur*. En 1834, il réalisa
une autre pensée, aussi fort ingénieuse et
encore neuve, en publiant, tous les mois, le
Journal des Enfants, orné de lettres et de
cartes géographiques. Lamartine, Eugène Sue,
George Sand, Frédéric Soulié, Jules Janin,
Alphonse Karr étaient ses collaborateurs assidus ; Éléonore de Vaulabelle, le frère du futur
ministre de 1848, s'y fit connaître par des
contes aussi charmants que ceux de Perrault.
Ce fut là que Louis Desnoyers, rédacteur en
chef du *Charivari*, publia deux livres qui sont
devenus classiques chez les enfants : *les Aven-
tures de Jean-Paul Choppart* et *Robert-Ro-
bert*. Ce *Journal des Enfants* était une coque-

luche pour l'opinion publique. Il donnait cinquante mille francs de bénéfices nets par an, somme fort potable pour l'époque.

De même que tous les élégants d'alors, Lautour-Mézeray était un prodigue. L'esprit d'ordre lui manquant, il éventra sa poule aux œufs d'or, ou, si vous aimez mieux, il vendit le *Journal des Enfants*. Que faire, le lendemain? Comment continuer la belle vie? Avec quoi renouveler les gants blancs et le camélia de chaque jour? On lui disait : « Vous vieillissez. Il faut être sage. Entrez dans l'administration, comme a fait Romieu, lequel est aujourd'hui préfet du pays des truffes. » Ne sachant plus que faire, il accepta. On le nomma sous-préfet de Joigny, petite ville de Bourgogne. Sous-préfet! La belle avance! Tous frais payés, il lui restait mille écus au bout de l'année. Trois mille francs pour un bourreau d'argent, c'était la plus sanglante des ironies. A la vérité, le roi Louis-Philippe, qui l'avait pris en amitié, lui avait promis que, sous peu de temps, on lui donnerait une préfecture de première classe, c'est-à-dire un fromage de Hollande, pouvant aller de trente-cinq mille à cinquante mille francs.

La promesse a été tenue, après un assez long stage dans les maigres arrondissements où l'épicurien devait se condamner à vivre en rat des champs. Mais, après tout, l'ancien fumeur de cigares a été nommé préfet d'Alger. Et, comme il était en sous-ordre en vue d'un gouverneur général de l'ordre militaire, il n'avait rien autre à faire que de donner des signatures, labeur qui allait fort bien à son humeur. Mais, en apprenant que cet ancien beau était investi d'un haut emploi dans la capitale de l'Afrique française, les habitués du boulevard se disaient en souriant : « Comment se tirera-t-il de là ? »

Pour sûr, il se préoccupait moins qu'eux-mêmes de cette question, et cela parce qu'il était déjà surpris par les premières atteintes d'une vieillesse hâtive. Un physiologiste, feu le docteur Trousseau, je crois, a constaté combien les viveurs de ce siècle vivent peu de temps. — *Courte et bonne,* — s'écrient-ils avec le comte d'Orsay, l'ami de lord Byron. Et effectivement ils ne font que passer. Le nouveau préfet d'Alger ne devait pas échapper à cette loi impitoyable.

A peine Lautour-Mézeray fut-il installé dans

son pachalik, l'un des plus beaux du monde, qu'il s'aperçut que sa santé n'était pas moins ruinée que sa fortune. Dans le commencement, la sérénité d'un ciel toujours bleu l'avait tout à coup ranimé. Cette douceur d'un climat tempéré par la senteur des orangers et des résédas paraissait devoir refaire sa machine, mais la vie parisienne a des arriérés qu'il faut purger tôt ou tard. Si peu de discours que l'homme public eût à prononcer, si peu de paperasses qu'il eût à remuer, à lire ou à signer, il lui fallait bien payer de sa personne, administrativement parlant, et il sentait déjà ses forces corporelles décroître. Un matin, après une tournée officielle, il sentit qu'il y avait une dépression soudaine dans sa boîte osseuse. La moelle cérébrale n'avait plus la même puissance. Un autre jour, à la suite d'une distribution de prix qu'il lui avait fallu présider, il n'avait plus de voix. Il n'y avait pas d'illusion à se faire : il s'en allait, pièce à pièce.

Léon Gozlan, analyste minutieux, a fait des études sur la vieillesse de ces anciens beaux que le Paris de 1830 à 1850 a appelés des lions. Dans ces pages, on voit ces galantins finir au

milieu de l'hébêtement. Appliquer ces esquisses
au brillant préfet d'Alger, ce serait outrer les
choses; néanmoins, il faut bien se résoudre à
dire que ce cavalier si superbe s'est éteint au
milieu d'une décomposition mentale bien faite
pour attrister les regards de ceux qui l'aimaient.
J'ai dit plus haut comment il avait été touché
par le mal pendant l'exercice de ses fonctions.
L'écho de cette déchéance ne pouvait manquer
de traverser la mer pour venir jusqu'aux trois
marches de ce petit perron de Tortoni où finis-
saient toujours par arriver les nouvelles du globe
entier. On se conta donc de quelle façon presque tragique mourait cet élégant qu'on aurait
pu mettre jadis en parallèle avec le Brummel
des Anglais.

Symptôme des plus alarmants, Lautour-
Mézeray perdait de jour en jour la faculté de se
souvenir. Les mots se brouillaient dans sa tête;
il oubliait les noms propres; il ne savait plus
l'ordre ni le sens des dates. Quand la mémoire
s'en va, tout s'en va. On se rappelle qu'il avait
toujours été passionné pour les fleurs et, dans
la campagne d'Alger, qui est un paradis terrestre, il y avait amplement de quoi répondre à

toutes ses prédilections sous ce rapport. Chez lui-même, dans le vieux palais oriental où l'on a établi la Préfecture, il avait un jardin, harem floréal, objet d'une constante sollicitude. Mais, serré de près par le mal qui l'envahissait, parlant peu, parlant mal, il perdait jusqu'à la sûreté du regard.

Un jour, afin de constater à quel point il était tombé, on apporta sur son lit un bouquet qu'une main amie venait de cueillir. Il le visa, et son œil, presque sans lumière, ne put accuser aucune sensation de plaisir. A quelques heures de cette scène muette, revenant à lui, car il avait des intermittences, il se réveilla en sursaut de cette léthargie passagère et se montra stupéfait d'une telle insensibilité. Comment avait-il pu ne rien éprouver à la vue de ce bouquet d'un goût si poétique?

— Est-ce possible? disait-il en balbutiant; j'ai pu méconnaître les camélias et les œillets! Eh bien, c'est que je ne puis plus vivre.

Et, en effet, il mourut le jour même.

V

UN SATIRISTE

D'IL Y A SOIXANTE ANS

... On aura donné plus d'un surnom à M. Thiers.

En 1831, au Palais-Bourbon, Léon Gozlan, visant l'intarissable bavardage du député de Marseille, lui disait : « Te tairas-tu, bouche du Rhône ! » Le mot était mordant. Il méritait de faire fortune. Plus tard, mettant en joue le même personnage, un autre l'appelait : « Un Mirabeau-mouche. » On a pu dire aussi que le fondateur du *National* a été un Néron, format

in-32, car, lui aussi, il a éventré sa mère, la
Presse. Après l'attentat de Fieschi du 29 juillet 1835, cet ancien journaliste, ainsi que le
raconte l'*Histoire de Dix ans*, fit voter les
lois de septembre. Entre la machine infernale
et la liberté d'écrire il n'y avait aucun point de
parenté. N'importe : M. Thiers disait que la
criminelle, c'était cette liberté, naguère son
gagne-pain, et l'on vota d'emblée ces lois de
fer. — Rappelons-le : l'opinion les dénonçait
comme tyranniques, mais on laissait dire.
Elles opprimaient la pensée, ces lois, en ce
sens qu'un homme de cœur ne pouvait plus, en
faisant courir une plume sur le papier, exprimer qu'il stipulait pour la Légitimité ni pour
la République. Elles paraissaient intolérables
en ce sens qu'elles imposaient à une feuille
quotidienne un cautionnement de cent mille
francs à déposer au Trésor en numéraire ou en
cinq pour cent. Il va sans dire que, pour un
très grand nombre de cas, elles doublaient
l'éventualité des mois de prison.

— Pourquoi ne pas nous envoyer tout de
suite au bagne ? disait Armand Carrel.

Il existait alors sur le pavé de Paris une sorte

de Scapin littéraire nommé Nestor Roqueplan. Un homme d'esprit, très certainement, mais un cynique de haute volée. Pendant plusieurs années, il avait dirigé le *Figaro* avec un certain éclat, mais un jour, fatigué de garder la posture d'un honnête homme, il avait livré ce journal, pieds et poings liés, au comte de Montalivet, stipulant au nom du roi Louis-Philippe. Moyennant ce marché, on lui donnait une subvention de quarante mille francs par an, plus la croix de la Légion d'honneur.

De là, deux épisodes. Le premier venait du *Brid'Oison*, petite feuille satirique des légitimistes, et consistait en une boutade ainsi conçue : « *Brid'Oison*, se trouvant à court d'esprit, alla trouver *Figaro* pour le prier de lui en céder.

« — Pas possible, mon vieux, répondit le Barbier : j'ai tout vendu. »

Il n'y avait rien à répondre à ça et, en effet, *Figaro* ne répondit rien.

L'autre affaire avait un caractère plus grave et fit plus de bruit. Le jour où Nestor Roqueplan sortit pour montrer sa décoration, un républicain de l'armée, le colonel Gallois,

l'ayant rencontré à l'Opéra, se pencha sur sa
boutonnière comme pour lui arracher son
ruban. Il s'ensuivit une rixe, des coups de
canne, puis un duel. Sur ce, le transfuge dit
qu'il éprouvait le besoin de devenir un homme
sérieux, et son journal, déjà fort ébréché par
le désabonnement, suspendit sa publication.
Les lois de septembre, du reste, devenaient un
bon prétexte. Ce ne fut qu'un peu plus tard, à
un an de là, qu'on chercha à ressusciter *le
Figaro*.

Ici j'ai à faire entrer en scène Théodore
Boulé, l'imprimeur de la rue Coq-Héron. Ce
nouveau venu, déjà fondateur de *l'Estafette*,
eut assez de vaillance pour entreprendre de
faire renaître la feuille délaissée. Jeune, ardent,
opiniâtre, fort au fait de tout ce qui concernait
la typographie, il rivalisait d'audace commer-
ciale avec Émile de Girardin, qui venait de
créer *la Presse*, à quarante francs, et avec
Armand Dutacq, qui, après avoir fondé *le
Droit*, donnait la becquée au *Siècle*. Théodore
Boulé avait réellement *du chien dans le
ventre*. Du journal à la Beaumarchais, si aimé
des Parisiens depuis tantôt quinze ans, il vou-

lait faire une publication, d'une allure tout à fait originale. Avant tout, ce serait une envolée de traits satiriques, mais ce serait autre chose aussi. En ce temps-là, un journal naissant ne pouvait se dispenser d'adopter le roman découpé en feuilletons, nouveauté toute fraîche. Le jeune imprimeur se dit donc :

— *Figaro* ressuscité fera tout à la fois de l'épigramme et du roman.

Ce n'était pas là une parole en l'air. Dans le second semestre de 1836, on vit le malin journal reparaître. Cette fois, il était in-4° sur deux colonnes et se présentait au lecteur, sans vignette et sous la forme d'un cahier de douze pages. Quatre de ces pages étaient consacrées tant à la chronique du jour qu'aux questions de littérature et d'art; lisez, si vous voulez, à la fantaisie. Tout le reste appartenait au roman et ce roman était marqué de la griffe des maîtres : H. de Balzac, Alexandre Dumas, Jules Sandeau, Théophile Gautier et les autres. « — *Figaro, Journal-Livre, Revue quotidienne.* Douze romans par an. » — Entre autres œuvres qui ont paru de cette façon, laissez-moi citer le *César Birotteau* d'H. de

Balzac, *Pauline* d'Alexandre Dumas, le *Petit chien de la Marquise* de Théophile Gautier et une *Femme au bain* par Eugène Scribe.

Si ces récits devenaient un puissant attrait, l'autre zone de la publication, la fantaisie, l'article improvisé, chaque jour, formait aussi un vif élément de succès. Pour cette spécialité, Théodore Boulé avait fait choix d'Alphonse Karr, et l'auteur de *Sous les Tilleuls*, qui n'avait encore que vingt-sept ans, quittait Étretat pour reprendre son ancien métier de sagittaire. Il accourait, armé de toutes pièces, bien décidé à écrire cent lignes tous les jours, qu'il signerait de son nom et qui seraient mordantes le plus possible. En guise d'auxiliaires, il aurait deux ou trois collaborateurs.

C'est ici le moment de le dire : le Paris d'alors se montrait très friand de feuilles aristophanesques. On raffolait de cette petite prose ailée, paradoxale, un peu cruelle, qui projetait les fusées de sa vive critique du Palais des Tuileries, séjour du roi, jusqu'au plus obscur de nos théâtres, en passant tour à tour par les deux Chambres, avec des haltes indiscrètes sur le seuil de l'Institut et à la porte des salons.

Voilà pourquoi le bibliophile rencontre à cette époque tout un escadron de journaux de petite grandeur qui voltigent en sifflant, à travers la ville, à la manière des papillons et des chauves-souris. Dans le nombre figure le *Charivari*, double satire, crayonné par Ch. Philipon, par Gavarni et par H. Daumier, écrite par Louis Desnoyers, Altaroche et Albert Cler. On distingue aussi le *Corsaire*, navire endiablé, monté par Louis Roybaud, Léon Gozlan, Paul de Musset, Raymond Brucker et dix autres. Voyez encore le *Vert-Vert*, dirigé par Anténor Joly, ayant à ses côtés Méry, Félix Pyat et Taxile Delord; voyez encore la *Mode*, pamphlet des châteaux royalistes, toute constellée de fleurs de lys, écrite par Du Fougerais, Alfred Nettement, Roger de Beauvoir et, dans l'ombre, par Jules Janin, masqué.

On en signalerait bien d'autres, mais ceux-là étaient de ces Éphémères de la publicité, sans feu, ni lieu, ni dieu, qui ne faisaient que paraître et disparaître. Je me rappelle, par exemple, pour les avoir entrevus le *Pilori*, le *Diable*, le *Knout*, le *Flâneur*, organes impitoyables de la rancune et parfois du chantage. Il y a eu

aussi le *Coureur des Spectacles* de Charles
Maurice, la bête noire des artistes dramatiques,
si souvent appelé par eux devant les tribunaux.
Quant à celui-là, les honnêtes gens ne se hasar-
daient à le lire qu'en le prenant avec des pincettes,
mais on lit toujours ce qui injurie ou insulte.

Revenons, s'il vous plaît, au *Figaro* de 1837.

Les bureaux étaient établis rue Coq-Héron,
numéro 8, dans une maison qui faisait face à
l'imprimerie.

Etiam periere ruinæ. Cet immeuble a dû
disparaître par suite des changements qu'eût
à subir ce quartier, à cause du nouvel Hôtel
des Postes. Au temps dont il est question,
le journal et sa très modeste administration
résidaient au rez-de-chaussée, entre deux marchands, un grainetier et un bandagiste. Une
sorte d'antichambre, d'abord ; puis, des gril-
lages et une caisse, où l'on s'abonnait, et, au
delà, une pièce au-dessus de laquelle se voyaient
ces deux légendes :

CABINET DU RÉDACTEUR EN CHEF

LE PUBLIC N'ENTRE PAS ICI

Rien de plus simple que cet entresol. Une

table ronde, recouverte d'un tapis d'Aubusson
qui pouvait avoir été jeune sous le ministère
Martignac. Quatre ou cinq chaises en paille
très commune, une manière de fauteuil en
velours d'Utrecht, et c'était sur ce siège que,
prenant en riant des manières de pontife, Alphonse Karr recevait ses visiteurs.

Fugitif du Pays Latin, j'ai pu pénétrer dans
ce sanctuaire où les profanes n'entraient qu'avec
un frisson d'épouvante sacrée.

— Ah ! je vois ce que c'est, disait le futur
railleur des *Guêpes* ; ça doit être de la *copie de*
jeune homme ? Veuillez repasser dans trois
jours et l'on vous donnera une réponse.

Pour le dire en passant, on avait reçu trois
de mes essais, et, chose qui faisait me hausser
de cent coudées à mes propres yeux, on les
avait insérés dans le journal, mais sans y mettre mon nom, bien entendu, car on ne signait
pas à cette époque-là. Mais ce n'était pas de ce
mince épisode que je voulais vous parler. Il
s'agit d'une figure très originale et des plus
curieuses qu'on avait à rencontrer dans l'endroit.

Tout à côté de lui, à titre de collaborateurs,

sur une ligne parallèle, plutôt comme des égaux
que comme des sous-ordres, Alphonse Karr
avait surtout deux amis et tous deux ont laissé
un nom. L'un était Gérard de Nerval; l'autre
Edouard Ourliac.

Je ne parlerai que de ce dernier.

En 1837, il était encore dans la première
jeunesse. Quiconque l'approchait, ne fut-ce
que cinq minutes, comprenait vite qu'il avait
affaire à un garçon d'infiniment d'esprit. De
taille moyenne, il portait sur les épaules une
petite tête, nullement déplaisante, éclairée par
des yeux noirs d'une vivacité sans pareille. Le
visage sans barbe, très blanc, d'une pâleur
presque maladive rappelait un peu le masque
enfariné de Pierrot, mais la double étincelle
qui s'échappait du regard, jointe à la mobilité du sourire, animaient au plus haut point
tout cet ensemble. Né en plein Midi, dans
l'Aude, je crois, il avait été transplanté tout
jeune à Paris et, s'il n'avait pas conservé
l'accent du terroir, il en avait gardé tout
le mordant et la rapide pantomime, ce
qui donnait beaucoup d'attrait à sa causerie.

Après des études classiques assez sommaires, on l'avait placé dans un bureau de mairie. S'asseoir, toute la vie, sur un rond de cuir, devant une table, pour y enregistrer des naissances et des décès, ne pouvait guère être du goût d'un éphèbe si pétulant. Au lieu de s'assujettir à cette discipline administrative, il s'échappa par la tangente, comme on dit, et déclara tout net à ses parents ou qu'il ferait de la littérature ou qu'il ne ferait rien.

— Mais, malheureux, lui dit son père qui était un homme de sens, dans l'un ou dans l'autre cas, tu es sûr de mourir de faim.

— Ça vaudra mieux que de crever d'ennui, répliqua l'insoumis.

Et, le lendemain, il prenait son vol à travers le pays de Bohème, pour ne plus se frotter qu'au monde de l'art. Nul ne s'est plus cogné à tous les petits grands hommes d'alors.

Ce n'est pas une biographie d'Édouard Ourliac que j'entends faire. Je ne veux qu'esquisser ici, à main courante, un épisode de sa vie, celui où il a été improvisateur de petit journal. Ne cherchez rien autre chose dans ces pages. Je n'aurai donc à vous dire ni le roman-

cier charmant qui a écrit *Suzanne*, une étude
psychologique dont H. de Balzac était jaloux :
ni l'ex-voltairien converti aux idées chrétiennes
qui a composé les *Contes du Bocage*, ni l'amu-
sant dramaturge, tant recherché des enfants d'il
y a cinquante ans, à qui l'on doit le *Théâtre
du seigneur Croquignole*, dix comédies de
paravent pour le jeune âge. Il ne sera question
ici que du satiriste en prose qui écrivait à côté
d'Alphonse Karr et de Gérard de Nerval, deux
professeurs en fait de blague.

Théodore Boulé disait couramment : « Édouard
Ourliac ! Il est toujours prêt, toujours en verve,
toujours plein de gaieté. On l'asseoit sur un
tabouret, au bout de la table, avec une feuille
de papier sous les yeux et une plume à la main.
Au bout de vingt minutes, il a improvisé un
chef-d'œuvre de fine critique et de cocasse-
rie. »

Et c'était vrai. Les jets de sa folle moquerie
s'étendaient sur tout ce qui était l'actualité.
Politique, littérature, art, mœurs, travers du
jour, il n'était rien qu'il ne blaguât, pour faire
rire et jamais pour blesser. Un rejeton de
Molière.

Voyez, par exemple, de quelle manière il s'y prend pour railler la manie qu'affichait déjà la presse de pénétrer dans les salons.

Je cite textuellement :

CHRONIQUE DU GRAND MONDE

« Pour se mettre au ton du temps, notre journal a confié la rédaction des articles de mode à un marchand de mottes à brûler, de la rue Mouffetard ; c'est un homme éminent et qui, à cause de son industrie, s'est toujours frotté au beau monde. Dans l'origine, nous avions jeté les yeux, pour cet office, sur un équarrisseur de chevaux, mais ce fashionnable ayant été retenu par MM. Bertin, du *Journal des Débats*, il a bien fallu chercher ailleurs. Cependant que nos lecteurs se rassurent : notre marchand de mottes à brûler est un gentil-homme qui n'est point du tout manchot, ayant tout ce qu'il faut pour renseigner le public sur ce qui se passe dans les plus hautes régions de la société parisienne.

» Notre marchand de mottes à brûler fréquente le noble faubourg, où il danse avec les grandes dames, représentées par leurs femmes de chambre. Pendant le jour, on le voit au perron de Tortoni, où il se rencontre près des jeunes ducs dont il ramasse les bouts de cigare. Les soirs d'Opéra, vous pouvez le rencontrer, en habit vert et or, dans la rue Le Peletier, ayant la bouche ouverte pour dire, chapeau bas :

» — La voiture de madame la marquise est prête. »

» Et il monte derrière le char avec une élégance qui n'est pas donnée à tout le monde. »

Il y a là dedans autant de finesse que dans certaines scènes d'Henry Monnier, avec beaucoup d'ironie en plus.

Un petit bout de comédie sociale, en passant.

Le vénérable baron Taylor a cessé d'être directeur du Théâtre-Français. Comme fiche de consolation, M. Duchâtel, ministre de l'Intérieur, l'a nommé commissaire près le même établissement. Édouard Ourliac joue sur les mots. Il imagine naturellement le mouvement d'un quiproquo propre tout à la fois à faire voir qu'il s'agit d'une sinécure et à amuser la galerie. A l'en croire, un provincial débarque à Paris. Il veut voir ce qu'on appelle la Maison de Molière qui est aussi, nous le savons tous, la Maison de Corneille. Il salue mademoiselle Mars. Il s'incline devant Ligier. Mais il lui faut quelque chose de plus. Il a besoin de voir une autre célébrité, le baron Taylor, *commissaire royal* près *le Théâtre-Français*.

« Ne pouvant le distinguer dans la foule par la raison toute plausible qu'il ne l'a jamais vu, il s'informe à son voisin de stalle, en posant ainsi la question :

» — Voudriez-vous m'indiquer *le commissaire royal* près *le Théâtre-Français* ?

» — Monsieur, vous tombez bien : c'est moi-même.

» — Ah ! monsieur, j'en suis bien aise : je vous demande pardon.

» — Il n'y a pas de quoi. Auriez-vous besoin de mes services ?

» — Ah ! monsieur, vous avez bien de la bonté.

6

» — Parlez franchement... Vous aurait-on volé une montre, un mouchoir ? Auriez-vous payé votre place plus cher que le tarif ne l'indique?

» — Nullement, monsieur.

» — Dans quel but, alors, demandez-vous un commissaire ?

» — Vous m'avez mal compris. Je ne demande pas un commissaire, Dieu m'en garde ! mais bien une curiosité, un phénomène, *le commissaire royal* PRÈS *le Théâtre-Français*, M. Taylor, enfin, puisqu'il faut l'appeler par son nom.

» — Monsieur, je n'ai pas l'honneur de le connaître. Il doit avoir été nommé depuis bien peu de temps ?

» — Au contraire, monsieur.

» — Allons, silence, monsieur. Je vois que vous n'avez d'autre envie que de mystifier l'autorité, de troubler l'ordre par de sottes questions. Taisez-vous ou je vous fais arrêter, monsieur.

» Et pour garantie de sa puissance, l'interlocuteur tire de sa poche son écharpe tricolore.

» Voilà le provincial médusé. — Quel pays que ce Paris ! »

Un moment, l'indiscret garde le silence, mais comme la mouche de la curiosité le pique vivement au talon, à l'entr'acte, il court partout, afin de recommencer son enquête. « Où est le baron Taylor ? Je ne repartirai pas pour ma province avant d'avoir vu *le commissaire royal* PRÈS *le Théâtre-Français.* » On lui apprend alors que ce dignitaire n'est pas à Paris, ce qui est un comble. Il voyage. Hier, il était en Espagne. Après-demain, il prendra la route de l'Égypte, par mer.

Stupéfaction du provincial.

» — Et que va faire en Égypte *le commissaire royal* PRÈS *le Théâtre-Français?*

» — Ce qu'il va faire ? répond un habitué de l'orchestre ? eh ! monsieur, un acte des plus graves. Écoutez donc bien. Tout dernièrement, M. Gérard de Nerval était au Caire. L'envie lui étant venue d'aller visiter les Pyramides, il grimpa au sommet de la plus grande, celle de Chéops. Là, pour s'amuser, avec la lame de son canif, il grava le nom si célèbre du baron : *Tailor*. Mais, remarquez-le : il a écrit *Tailor*, non avec un *i* grec, mais avec un *i* simple. Or, cette particularité a été connue du baron, et c'est pour aller corriger cette faute d'orthographe que *le commissaire royal* PRÈS *le Théâtre-Français* est allé en Égypte. »

Tel était l'esprit de ce temps-là. — N'y trouvez-vous pas quelque parenté avec l'*humour* de Sterne? ou avec la verve satanique des *Reisebilder* d'Henri Heine?

En littérature, quoiqu'il fût un des zélateurs de Victor Hugo, Édouard Ourliac était volontiers classique. Il tenait, en fait de style, pour la concision, pour la clarté, ah! surtout pour la clarté. Comme conséquence de cette méthode, il disait n'aimer à lire que trois de nos grands écrivains : Molière, Voltaire, Lesage. Quand on parcourt le bagage littéraire qu'il a laissé, on y retrouve aisément les suites de cette triple prédilection.

Voltaire surtout lui causait une sorte d'enchantement.

— Les œuvres de ce Titan de la raillerie,

me disait-il, un jour, sont pour moi comme une salade délicieuse que je mange feuille à feuille jusqu'à la dernière. Je ne conçois pas, du reste, qu'on se mêle de faire du journal satirique sans l'avoir mangée, cette salade, et remâchée plusieurs fois. Elle est si habilement assaisonnée !

Du chyle produit par cette nourriture littéraire il résultait pour lui une facilité étrange d'improvisation, d'abord ; puis, une forme de moquerie qui rappelait tout à fait la manière de critiquer du xviiie siècle. Et ces particularités se révélaient jusque dans les sujets d'articles en apparence les plus vulgaires.

En 1837, on introduisit tout à coup à Paris les bains russes que nous ne connaissions encore que de réputation. Cette circonstance devient pour lui l'occasion d'une Étude qu'on pourrait certainement comparer sans désavantage à quelqu'une des *Lettres persanes*.

« Il n'est plus permis désormais d'avoir les mains sales. Les députés de l'extrême gauche eux-mêmes n'ont plus aucun prétexte pour ne pas se nettoyer. On leur passera, à la rigueur, des pantalons rapiécés ; ils pourront même porter une chemise d'avant-hier, mais leur peau, sous peine d'une rébellion ouverte, doit racheter ces négligences par une entière blancheur.

» Ceux qui n'aimaient pas à se laver pouvaient alléguer naguère la ruine des Thermes antiques. Ils s'appuyaient sur l'insuffisance des bains à quatre sous, lesquels ne durent que quatre mois de l'année. Mais, voici les bains russes : il n'y a plus de raison d'être crasseux. »

Sur ce, il s'amuse à plaisanter l'ancien système des bains français, le vieux jeu, et ses commentaires sont d'un esprit si piquant qu'on ne m'en voudra pas de les reproduire ici *in extenso :*

« On voyait dans la rue Cadet, l'an passé, cette enseigne merveilleuse au-dessus d'une porte : *Bains avec cheval ou sans cheval.*

> Bain avec cheval : 1 fr. 50.
> Bain sans cheval : 1 franc.

» J'avoue, pour ma part, que cette affiche,

comme bien d'autres, me donna beaucoup à penser. Les avis étaient partagés sur le rôle que devait jouer le cheval dans le bain. L'idée du plus grand nombre était, qu'au lieu d'un flacon d'eau de Cologne, on mettait un cheval dans la baignoire et l'on présumait naturellement qu'il en devait résulter un grand bien. L'augmentation du prix comportait cette opinion et, vu la différence énorme d'un bain avec un cheval ou sans cheval, on trouvait cette faible augmentation de dix sous d'un grand avantage ; mais il y eut enfin quelques esprits inquiets que ces explications ne satisfaisaient pas, et qui s'informèrent directement au chef de l'établissement. Là, ils apprirent que le cheval était chargé de traîner le bain en ville, et qu'il s'agissait tout simplement d'un bain à domicile transporté par des hommes ou par un cheval. Mais le public n'en fut pas mieux éclairé, et il arriva souvent depuis que des bourgeois, pour donner bonne idée de leur luxe et pour éclaircir leurs doutes à la fois entraient dans un cabinet de l'établissement et demandaient bravement au garçon « un bain avec un cheval ».

Mais ce n'étaient là que des bains vulgaires. Parlez-nous des bains russes. Ah ! les vieux bains, il n'en fallait plus. Jadis, on se contentait de se laver : on se mettait à tremper dans un baquet d'eau grasse une heure ou deux, et puis l'on s'essuyait comme si l'on était propre, et l'on reparaissait ensuite effrontément dans la société. Avec le système russe, on vous récure, on vous ratisse, on vous épluche, on vous dégraisse, on vous écorche et l'on vous passe à plusieurs eaux comme le gras-double à la mode de Caen. — Est-ce assez beau ?

» J'y suis entré. On m'a jeté sur une lèche-frite pleine d'eau bouillante où j'ai été à même de cuire à un feu modéré. Ma peau s'est colorée par degré de l'incarnat du homard. Effrayé et tenant pour le vieux jeu, j'ai sonné pour avoir de la pâte d'amande. Aussitôt deux garçons arrivent. Sont-ce bien des garçons ? Ils sont tout nus, comme moi. Redoublement d'épouvante. Ils s'installent dans la cabine avec des brosses, des peaux de chagrin, des étrilles, tout un système d'instruments inconnus. Ma pudeur exquise se révolte d'abord. J'ai peur

ensuite, et, à la fin, je me dis : « Résignons-
nous à une terrible destinée. »

» Alors on vous attache bras et jambes ; on
vous étend. Ces deux estafiers se mettent en
devoir de vous dépiauter comme un lapin.
Quand on vous juge convenablement préparé,
on vous expose à une chaleur qui sort on ne
sait d'où et que vous sentez venir par furieuses
bouffées. Vous suez. Vous grillez. Vous rous-
sissez. Déjà de sérieuses idées de gibelottes
commencent à vous venir. Mais tout à coup et,
au plus fort de la cuisson, il vous tombe sur
la tête une trombe d'eau glaciale, et vous
demeurez anéanti sous le coup. Il ne vous reste
plus le moindre souffle pour appeler au secours
contre cet horrible guet-apens.

» Après cela, pourtant, on vous laisse
reprendre vos sens. On vous rend vos habits.
Vous êtes libre, mais pas trop rassuré à la vue
des instruments de torture dont on s'est servi
tout à l'heure contre vous et qu'on pourrait
bien avoir l'envie de ressaisir. Quand vous
sortez de cette funeste maison où vous vous
êtes cru chez un proconsul de Tibère ou le jouet
d'une des épreuves de la Franc-Maçonnerie,

la différence du prix vous éclaire. On vous
demande trois francs pour les agréments qu'ils
vous ont procuré et l'on vous dit : — « Monsieur, vous venez de prendre un bain russe. »

En 1837, les batailles romantiques sont
finies, puisque la Nouvelle École triomphe sur
toute la ligne, au théâtre, dans le journal, chez
les libraires et bientôt à l'Académie française.
Pourtant il subsiste, çà et là, des débris du
Cénacle et, par suite, des exagérations, des clameurs et des modes rappelant encore les beaux
jours d'*Henri III* et d'*Hernani*. Édouard
Ourliac, ennemi-né de tous les ridicules, ne
peut se défendre de décharger sa sarbacane sur
ces attardés de 1830.

« Il existe une caste, une horde plus nom-
breuse, plus envahissante, plus funeste à l'ordre
social que les épiciers. L'épicier n'est plus que
le moindre de nos maux. L'épicier n'existe
plus. C'est l'artiste qui l'a tué. Les artistes lui
ont succédé et le font cruellement oublier.

» Oh ! les *artistes !* quelle plaie ! quel fléau !
Quelles grenouilles à la place de ce bon soli-

veau de l'épicier ! Tudieu ! quel déluge d'artistes ! quelle peste ! quelle gale qui se prend
aux hommes et aux mots. Je vous défie d'y
échapper. Vous attrapez les artistes comme on
attrape le choléra.

» Cœurs d'artistes, poitrines d'artistes, têtes
d'artistes, bals d'artistes, chapeaux d'artistes,
passions d'artistes, amours d'artistes, il n'est
plus question d'autre chose. Ah çà, *fruits secs*
de tous les arts, est-ce que vous n'allez pas
nous f..... la paix ! »

Et, sous forme de conclusion, il finit par dire
que bienheureux cent fois étaient les temps
jadis où il y avait tant d'hommes peu bruyants
qui ne se disaient pas artistes mais qui faisaient
tant de chefs-d'œuvre d'art, comme M. Jourdain
faisait de la prose, sans s'en douter.

Son penchant à l'ironie ne s'arrêtait pas à ces
généralités. Par moments il daubait sur les célébrités contemporaines. Si je ne craignais pas de
trop m'étendre, j'aurais beaucoup à citer aussi à
ce sujet, mais il faut savoir se borner. — Pourtant voyez ce billet dans lequel il prend à partie
celui qu'on appelait déjà : le Prince des critiques.

Paris, 3 avril 1837.

A MONSIEUR ALPHONSE KARR,
Rédacteur en chef du *Figaro*.

« Monsieur le Rédacteur,

» M. Jules Janin, critique de son métier, qui s'était mis sur les rangs, aux élections de la garde nationale, pour le grade de lieutenant, dans la compagnie de grenadiers du premier bataillon de la onzième légion, a été, hier, nommé caporal à la pluralité des voix.

» Annoncez, je vous en conjure, cette grande nouvelle à l'univers.

» Agréez, monsieur le rédacteur, etc., etc.

» ÉDOUARD OURLIAC,

» *chasseur réfractaire.* »

Ce n'était pas vrai, mais ça amusait Paris, ça faisait rire les gens du monde.

Entre Gérard de Nerval et Édouard Ourliac, l'amitié rappelait la liaison de Nysus et d'Euryale. Elle avait quelque chose de fraternel. Ainsi donc, ils éprouvaient l'un pour l'autre l'affection la plus sérieuse. Pendant quinze années, les plus belles heures de la jeunesse, ce sentiment s'est manifesté avec une généreuse vivacité dans les grandes comme dans les petites choses. Ce qui était à l'un appartenait aussi à l'autre. A ce sujet, voici un trait assez typique et qui fera voir, par surcroît, quelles étaient alors les mœurs des gens de lettres, en ce qui touchait l'art de se chausser. Hélas! le grand H. de Balzac lui-même faisait entendre là-dessus les plus amères élégies ! Mais je reviens à mon histoire.

On était, je crois, en 1838, et Édouard Ourliac habitait alors, avec son père, un modeste appartement, rue Neuve-Saint-Roch. Un matin, le traducteur de Gœthe, son camarade, vint pour le voir. Il ne devait pas le trouver chez lui, puisqu'il était absent, mais, en entrant dans sa chambre, il fut comme ébloui en apercevant près du lit, sur le carreau, une très belle paire de bottes neuves, qu'avait apportées, le matin même, le cordonnier. Toutes fraîchement cirées, immaculées, ces chaussures avaient si belle façon, qu'elles tentèrent le visiteur. L'appétit qu'il éprouvait de les avoir était d'au-

7

tant plus violent que les siennes, archi-usées, commençaient à prendre l'eau. Au bout d'une minute, n'y pouvant plus tenir, Gérard ne fit ni une ni deux : il se déchaussa et remplaça bien vite ses savates par les nouvelles semelles. Mais, pour bien faire comprendre le caractère de l'échange, il griffonna au crayon sur une page détachée de son carnet les mots que voici :

» Cher Édouard, tu sais que toi et moi, nous avons le même cœur et le même pied ; c'est pourquoi je te laisse mon cuir pour le tien, mais, ce sera, bien entendu, à charge de revanche.

» GÉRARD DE NERVAL. »

— Est-ce donc que ce billet ne vaut pas bien une paire de bottes ? me disait l'auteur des *Contes du Bocage,* en me montrant le chiffon de papier.

Sur cet immense pavé de Paris où les racontars de toutes couleurs ont toujours abondé, il a circulé une légende assez curieuse dont il n'est que juste de dire un mot. La chose touche

de très loin à la politique, et par conséquent,
à l'histoire. On va voir qu'elle ne manque pas
de piquant. Ça été presque un épisode de la
Révolution de Juillet.

Au lendemain des Trois Jours, c'est-à-dire
quand il habitait encore le Palais-Royal, le roi
des Barricades tenait à entretenir sa popularité
par des manifestations populaires. Durant près
de trois mois, vers le milieu du jour, aussitôt
qu'un groupe de patriotes témoignait le désir
de le voir, il accourait sur son balcon, mettait
la main droite sur son cœur, saluait la foule et
se retirait ensuite au milieu des *vivats* des passants. Édouard Ourliac, alors très jeune, et,
disons-le, un peu gamin, un peu pître comme
les apprentis journalistes, avait remarqué tout
ce jeu et il s'était mis en tête, un jour, de s'en
amuser. Après avoir racolé dans le jardin voisin
une douzaine de jeunes flâneurs, il les amena
dans la cour du palais et se mit à crier : « La
Marseillaise ! la *Marseillaise !* » Pour le nouveau monarque, ce n'était pas seulement une
invite à carreau ; cela devenait une manière
d'injonction. Au troisième cri, les fenêtres
royales s'ouvrirent et le prince parut, s'empres-

sant de battre lui-même la mesure sur l'appui
de la croisée et de reprendre en chœur l'hymne
révolutionnaire. Édouard Ourliac aurait renouvelé ce coup de théâtre jusqu'à trois fois.

Avant d'aborder le journal satirique, où il
était passé maître, le futur auteur des *Noces
d'Eustache Plumet* avait commencé, d'abord,
par faire des chansons et, en second lieu,
des romans. Je dois me hâter de dire que
ces essais avaient été d'une toute autre gamme
que les œuvres de sa virilité. Des couplets, je
ne dirai rien ; ils ont passé et l'on n'en trouve
plus trace nulle part, ce qui prouve qu'ils ne
valaient pas grand'chose. En ce qui touche les
romans, chose très bizarre, ils semblaient être
de l'école de ceux de Pigault-Lebrun, école
qui avait alors pour adeptes Victor Ducange,
Raban, Ricard et M. de Saint-Aure. Dans le
fond, c'était de la raillerie anticléricale, une
méthode ultra-voltairienne ; dans la forme, un
style plat et sans couleur. Ces récits, du
reste assez mal imprimés, paraissaient chez
Charles Lachapelle, un éditeur de treizième
ordre. Mais il fallait bien commencer, même
chez un obscur libraire de la rue Saint-Jacques !

Entre autres livres, Édouard Ourliac publia dans cette maison une histoire d'alcôve dont le titre avait l'air d'avoir été imaginé pour attirer l'attention des amateurs de scandale. Ceux de notre génération peuvent se rappeler *l'Archevêque et la Protestante*, des pages évidemment rassemblées en haine du lyrisme catholique inauguré par la Restauration. Je n'ai jamais lu ce livre, mais j'en ai entendu dire beaucoup de mal, surtout par son auteur. A dix ans du jour où il l'avait fait paraître, s'étant tout à coup transformé, tant au point de vue des idées religieuses qu'à propos des formes littéraires, Édouard Ourliac était sous le coup d'un soudain accès de tristesse, quand on venait à parler devant lui de ce péché de jeunesse. Pour un peu, il eut versé à ce sujet des larmes de colère et de repentir.

— Hélas ! oui, c'est moi, c'est bien moi, me disait-il, qui ai commis cette horreur.

Et, un jour que je l'avais rencontré sur les quais, près de la Monnaie, en train de bouquiner, il me montra un exemplaire qu'il venait de trouver dans une boîte.

— Ça, ajoutait-il, ça me coûte trente sous;

c'est trente sous que je donne de bon cœur,
car, en rentrant, je vais pouvoir jeter ces pages
odieuses au feu. Si vous saviez combien j'en
ai déjà brûlé !

Il appelait ce jeu-là opérer le rachat de son
âme.

Ce brave garçon s'est, par bonheur, délivré
en composant d'autres œuvres et des plus belles.
J'ai rappelé *Suzanne* et les *Contes du Bocage*.
Dans le genre satirique, son triomphe, il a fait
aussi la *Confession de Nazarille*, où l'esprit
mordant, la verve gauloise coulent à pleins
bords. Mais, à mon avis, les petites scènes
comiques étaient le genre où il excellait. Prenez
comme exemple l'*Écolier*, qui a paru dans les
Français peints par eux-mêmes.

Satirique, j'y reviens à dessein, afin de noter
encore une fois que c'était l'instinct dominant
de sa nature ; nul n'a mieux exercé ce qu'on a
appelé la blague parisienne, mais sans mêler à
son encre la plus petite goutte de venin. Il prenait plaisir à houspiller même ses amis, sachant
bien qu'il ne leur ferait aucun mal.

Arsène Houssaye, l'un des membres du Petit
Cénacle, a été assurément l'un de ses intimes,

puisqu'ils ont vécu ensemble, concurremment avec Théophile Gautier et Gérard de Nerval, dans le fameux hôtel de la rue du Doyenné, de 1833 à 1835. Édouard Ourliac ne laissait échapper aucune occasion de parler de ce camarade aux contemporains. « On s'aborde sur les boulevards afin de converser sur les célébrités du jour et l'on se dit : *Qu'est-ce que c'est que M. Arsène Houssaye ?* Messieurs, apprenez que c'est un jeune seigneur du pays de Laon qui est venu à Paris pour y vivre de gloire. Pour commencer, il a écrit : *la Couronne de bluets*, un roman qui lui mériterait quatre couronnes de laurier, une casquette pour chaque saison. Il vient de faire paraître *la Pécheresse*, je veux dire *la Pêcheuse à la ligne*. Ça, c'est le sublime du genre. Il a fait aussi *le Serpent sous l'herbe*. Inclinez-vous plus bas que l'hysope! Le *Serpent sous l'herbe* et la *Pêcheuse à la ligne*, pas moyen de lutter avec ça. L'autre soir, en rentrant chez lui, M. H. de Balzac s'est dit en se frappant la poitrine à grands coups de poing : — Soit : j'ai fait *le Lys dans la Vallée*, j'ai fait *Eugénie Grandet*, j'ai fait *la Peau de Chagrin*, mais il me manquera

toujours d'avoir fait *la Pêcheuse à la ligne*. —
Et l'on a eu peur un instant d'un suicide à la
Vatel. » En réalité, c'était une réclame.

J'ai dit que, de très bonne heure, Édouard
Ourliac, voulant faire oublier *l'Archevêque et
la Protestante*, était allé se mêler à la troupe
hardie qui reconnaissait Victor Hugo pour son
chef. Dans ces mêmes temps, au *Constitutionnel*, forteresse de la vieille école, se trouvait M. Antoine Jay, membre de l'Académie
française et auteur d'une manière de pamphlet,
très médiocre, intitulé : *Conversion d'un
Romantique*. Ce même M. Antoine Jay, ancien
secrétaire intime de Fouché, le fameux duc
d'Otrante, avait pris en grippe le poète des
Feuilles d'automne et ramassait les restes de
sa verve sénile pour l'injurier. Un matin, après
la publication d'une de ses diatribes, signée
A. E., de l'initiale et de la finale de son prénom,
Édouard Ouliac se mit à lui répondre par un
seul mot : « Monsieur, lui disait-il dans *le
Vert-Vert*, vous avez signé d'une manière
incomplète. Pourquoi n'avoir pas mis une N
entre l'A et l'E de votre nom? » M. Jay se le
tint pour dit et cessa ses attaques.

A dater de 1840, ce charmant épigramma-
tiste, tout à coup assagi, se retirait des journaux satiriques et pour toujours. On ne le
vit plus écrire que dans des recueils graves, *la
Revue de Paris* et *la Revue des Deux Mondes.*
En même temps, il opérait une sincère conversion et, comme dans son enfance, il redevenait
catholique fervent. Charles Monselet raconte
que, dans les derniers jours de sa vie, tout
plein d'amertume et déjà brisé par le mal
auquel il devait succomber, il avait été recueilli
par un prélat, l'évêque du Mans, qui en fit son
ami et son commensal. Ce fut le temps où,
avant de mourir, Édouard Ourliac devait composer les dramatiques nouvelles vendéennes qui
ont été publiées sous le titre de *Contes du
Bocage.*

VI

LES BALS D'ARMAND MARRAST

AOUT 1848

I

Paris était à peine remis de la terrible secousse des journées de Juin. Peut-être ne distinguait-on plus la trace du sang qui venait de couler par ruisseaux à travers les rues, mais l'œil attristé du passant ne pouvait que trop se fixer sur la ligne qu'avaient occupée les barricades. En maint endroit, du côté des faubourgs, les ouvriers redressaient les réverbères ou remettaient les pavés en place. Sans doute cette hâte à refaire l'éclairage et à rétablir les voies

de communication annonçait un retour à l'ordre ;
néanmoins une proclamation du général Cavaignac, récemment affichée, l'hésitation des voitures de place à s'avancer au delà de certaines
limites, tout cela laissait assez voir qu'on était
au lendemain d'une guerre civile, la plus cruelle,
la plus funeste dont la capitale eût souffert
depuis la Saint-Barthélemy. Il eût été difficile,
en effet, de trouver un quartier ou même une
maison sans un sujet de deuil. Ici, c'était un
garde national tué à bout portant ; ailleurs, un
insurgé fusillé sur place, parce qu'il avait été
pris, la bouche noircie de poudre et les armes
à la main. De cent pas en cent pas, on aurait
eu à constater une mort violente ou un veu-
vage.

Aux alentours de la place de la Concorde,
un philosophe pythagoricien, Pierre Leroux,
qui se donnait pour l'apôtre de la Fraternité universelle, répandait de vraies larmes. Je
l'ai vu, tout éploré, se couvrant de la main les
joues et les yeux, courir en criant : « Ils viennent de recommencer Caïn et Abel ! Ils se sont
entre-tués ! » Pour faire taire ces effroyables
querelles, il fallut la voix du canon et c'est au

canon qu'en désespoir de cause la Constituante dut se résigner à faire appel. Terrible et sinistre expédient! Dans ce moment, Paris cessait d'être Paris. Il n'y avait plus ni industrie, ni commerce, ni élégance, ni art, ni lois, rien. Tous les riches étrangers, nos hôtes et nos tributaires, avaient pris la fuite. Les théâtres étaient fermés, et c'était ce qu'il y avait de plus caractéristique dans ce sombre état de choses. Se figure-t-on Paris sans théâtres? Pour le coup, c'était la nuit faite sur la civilisation. La surveille, à la tribune de l'Assemblée nationale, Félix Pyat, l'auteur de *Diogène*, stipulant pour ce qu'on appelait alors la *misère en habit noir,* c'est-à-dire pour les artistes, avait dit : « Paris sans théâtres, ce n'est plus qu'un *immense Carpentras.* » En un mot, dans la plus animée et la plus brillante des villes, la vie sociale paraissait avoir été tout à fait frappée de paralysie.

Ceux des sages auxquels on s'adressait étaient unanimes à émettre un avis ; cela consistait à reconstruire au plus vite ce que la sacrilège insurrection venait de supprimer. On avait donc à refaire le mouvement, le luxe, l'amusement,

le mirage des arts. Sans cela, point de salut.
Non seulement la République s'éteignait inglo-
rieusement dès sa naissance, mais encore la
guerre des rues renaissait avec un surcroît de
furie, parce qu'elle serait désormais soulevée
par trois cent mille bras sans travail, parce
qu'elle serait escortée des excès sans nom que
la faim conseille toujours. A ces craintes si
fondées la Chambre de commerce ajoutait,
comme document, la liste des faillites nées de
cette crise sanglante. D'autre part, les syndicats
d'ouvriers et de patrons montraient le tableau
d'une détresse qui commençait à s'étendre un
peu partout. Par les échos de la presse étrangère, on apprenait que les riches oisifs cher-
chaient en d'autres pays des villes moins trou-
blées où ils dépenseraient leurs revenus. Quant
aux journaux de Paris, s'accordant tout à
coup par extraordinaire, ils demandaient qu'on
revînt le plus tôt possible au train de vie d'autrefois. Plus d'une feuille spartiate gémissait
sur la trop longue durée du brouet noir. Le
citoyen P.-J. Proudhon lui-même, que je voyais
assez souvent en ce temps-là, se mêlait aussi
à ce mouvement. « Eh! oui, disait-il à ceux

qui l'entouraient, qu'on se remette à faire des
gants blancs, et cela dans l'intérêt des classes
populaires. » Lamennais tenait à peu près le
même langage dans le *Peuple constituant*. Il
me souvient d'une citation qui, faite à propos,
produisit un très grand effet. On avait réim-
primé, pour la circonstance, trois beaux vers
d'Hégésippe Moreau :

Oui, le pauvre est joyeux, quand le riche s'amuse.
Un bal est un bienfait ; un somptueux repas
Fait vivre bien des gens que l'on n'invite pas.

Ce fut alors qu'Armand Marrast jugea à propos d'entrer plus spécialement en scène.

Il faut se hâter de le dire, Armand Marrast
était déjà la bête noire de ceux des malcon-
tents de la démocratie que rien ne saurait
jamais satisfaire. Les intransigeants d'alors ou,
comme on disait à cette époque, les *culotteurs
de pipes*, avaient vu d'un mauvais œil que ce
bel esprit fût admis à faire partie du Gouvernement provisoire. A leur gré, son républicanisme
n'était pas d'une suffisante solidité. Pas assez
républicain, l'ancien lutteur de la *Tribune*, le
rédacteur en chef du *National*, le successeur

d'Armand Carrel ! Que leur fallait-il donc ? Incontestablement, de tous les Gracques suscités par la révolution de 1830 nul n'avait donné plus de gages à la cause des idées nouvelles. Pendant la Restauration, avant même qu'on eût l'espoir de renverser les Bourbons, il avait conspiré leur chute. Aux funérailles de Manuel, il s'était fait mettre à l'index et, malgré la protection de La Romiguière, il avait, pour ce fait, perdu sa place de répétiteur à l'École normale. En Juillet, l'un des premiers, il signait cette protestation des journalistes qui eût entraîné la peine de mort, si le mouvement eût échoué. Dès le 7 août, jour de l'avènement de Louis-Philippe, il s'armait en guerre dans la *Tribune*, la plus téméraire des feuilles d'avant-garde et il y soutenait deux cent quatre procès, avec saisies, amendes, perquisitions domiciliaires et arrestations préventives. Concurremment avec Godefroy Cavaignac, Guinard et Kersausie, il avait fondé la *Société des Amis du peuple*, le premier séminaire du parti républicain. En raison de tant d'ardeur, la cour d'assises, la Haute Cour de justice, l'amende, la prison, l'exil devenaient son pain quotidien. Pour

mener ce long combat, il avait prodigué toutes
les forces de son talent, usé sa jeunesse, dédaigné les occasions de faire fortune, fait le sacrifice de sa santé ; et de vulgaires politiciens,
qui n'avaient de chevalerie qu'en parole, le
taxaient de modérantisme, ce qui, à leurs yeux,
devait être une raison suffisante de défaveur.

On se rappelle que la révolution de 1848
s'est produite avec une soudaineté qui a surpris tout le monde. Ce charmant faiseur d'épi-
grammes y était peut-être moins préparé qu'aucun autre. Ceux qui se trouvaient près de lui
l'ont vu hésiter. Et cependant le 24 février
devait prendre pour lui la tournure d'un triomphe personnel ; mais il semblait qu'il fût porté
au pouvoir dans des circonstances défavorables
à son tempérament. Armand Marrast commençait à vieillir. Fatigué, à peine remis d'une attaque de choléra sporadique, dont le docteur
Bouillaud avait eu grand'peine à le tirer ; nullement riche, déjà fort désenchanté, il n'était plus
le militant qui persiflait si bien, seize ans auparavant, le procureur général Persil et ses assesseurs. Dans toutes ses journées, la Révolution
veut des acteurs qui soient à sa taille. Or, à

l'Hôtel de Ville, au lieu d'un tribun paraissant être sorti du moule de Danton, le journaliste ne laissait voir qu'un frêle improvisateur de Premiers-Paris. En l'approchant, on se trouvait en face d'une petite statue vivante, d'une voix sans souffle, d'une personnalité qui avait perdu les trois quarts de son relief. Tel de ses collègues, comme Ledru-Rollin, avait un torse de géant. Tel autre, comme Lamartine, s'entendait à charmer le peuple par la magie de sa parole. Un troisième, comme Ferdinand Flocon, pouvait prendre une allure de soldat. Quant à lui, uniquement rompu à l'art d'écrire, il ne parvenait à parler en public qu'avec embarras. Il ignorait la manière de tenir une arme et il n'avait jamais appris à monter à cheval. Comment, dès lors, avoir la posture d'un chef du peuple le plus remuant du monde connu?

Un historien de la droite, hostile de parti pris, raconte que le 16 avril, quand, du haut des fenêtres de l'Hôtel de Ville, le maire de Paris aperçut tout à coup sur l'immense carré de la place de Grève cent mille têtes de prolétaires enfiévrés, son émotion eut une grande ressemblance avec l'épouvante. Tandis que Lamartine, s'apprêtant à affronter l'orage, se redressait avec fierté sur le balcon du palais et donnait l'ordre au drapeau rouge de disparaître, Armand Marrast n'avait rien de l'attitude d'un homme qui résiste. Il avait changé de couleur. Bien plus, il se serait mis à trembler. Qu'il ait tremblé, je ne le crois pas. Qu'il ait pâli, au premier moment, cela se peut et même rien n'est plus concevable. Je viens de dire ce qui lui manquait pour être un dompteur.

On n'a pas oublié que jamais, non plus, depuis le 24 février, les masses, grisées par de folles promesses, ne s'étaient montrées plus menaçantes. De là résultait pour le journaliste de la veille le jeu des plus violentes contradictions. La plume à la main, il avait, toute sa vie, défendu les droits du prolétariat, et cela jusqu'à endurer cinq fois la prison, jusqu'à passer dix ans en exil; mais, en présence de ce terrible client qui sortait à flots de ses faubourgs, en criant, en hurlant, en proférant mille menaces, il perdait passagèrement son sang-froid et, en fin de compte, il était comme changé en statue de sel. Cela était déjà arrivé à Rome à Cola de Rienzi, et à Paris à Barnave.

En petit comité, l'attitude d'Armand Marrast était tout autre. La certitude d'être écouté avec bienveillance et vite compris lui donnait de l'assurance, et c'est beaucoup pour un homme public.

Mais il lui fallait à toute force un auditoire d'élite, et encore ne devait-on pas lui demander des discours d'une longue étendue : la voix, le souffle, le tissu même du langage lui eussent manqué. Ainsi, pas de harangues, quoiqu'il connût mieux que pas un les règles de la rhétorique. Des causeries intimes tant qu'on voulait. Sous ce rapport-là, il était passé maître. Tant qu'il ne s'agissait que de faire parade d'esprit, son œil de Pyrénéen étincelait ; toute sa figure éclatait. Une animation étrange donnait un grand charme à son sourire. On le voit, il y avait réellement dans ce démocrate quelque chose de l'homme de cour. Croyez que c'est en grande partie à cause de cette manière d'être qu'on s'était appliqué à lui donner le surnom de « marquis de la République ».

Ce sobriquet a été forgé par L.-A. Blanqui dans la feuille volante que l'agitateur a publiée en réponse aux accusations portées contre lui dans la *Revue rétrospective* de J. Taschereau. Ce fut dans ce *factum* que les journaux satiriques prirent le mot pour en tirer pendant six mois de suite les inductions les plus folles et, par conséquent, les plus injustes. A leur tour, les hommes de la droite, imaginant que ce serait de bon jeu de diminuer un des fondateurs de la République, ramassèrent ce quolibet dans les épluchures de la presse et en firent une arme de persiflage. Marquis, Armand Marrast, parce qu'il aimait le linge blanc ! Marquis, parce qu'il avait le goût de la musique ! il l'avait même au point d'avoir été, à Petit-Bourg, chez M. Aguado, le collaborateur de Rossini, lequel lui avait fait retoucher le poème de *Guillaume Tell !* Marquis, il l'était encore parce qu'il parlait correctement, souvent même avec élégance ! Marquis, parce qu'il n'entendait pas que la révolution nouvelle rompît trop brusquement avec les mœurs de bon ton et le déploiement du luxe qui sont de mise à Paris ! On conviendra que le reproche était singulièrement placé dans les feuilles dont la politique consistait à pleurer sur la chute de l'ancien régime. En homme d'esprit qu'il était, l'ancien rédacteur en chef du *National* ne s'offusqua point d'abord des innocentes moqueries qu'on émettait à cet égard. Ce ne fut que du jour où l'on partit du surnom pour lui attribuer d'impossibles extravagances que, ne pouvant se contenir, il protesta avec toute l'énergie dont il était capable. Un trait à ce sujet. Armand Marrast était père d'une petite fille, alors en fort bas âge. Se faisant l'écho d'un conte ridicule, forgé par quelque reporter aux abois, la *Gazette de France* avait recueilli cette rumeur en lui donnant le ton d'une offense. A huit ans de là, au moment où il naissait un fils au duc d'Orléans, le conseil municipal avait voté au petit prince un berceau, enjolivé de pierreries. A en croire la feuille légitimiste, abusant de son titre de maire de Paris, l'ancien journaliste avait fait prendre ce berceau au garde-meuble et il en avait fait effrontément la couche de sa fille. Il en était de cette histoire comme des fameuses côtelettes de chevreuil à la purée d'ananas. Rien n'était plus impossible, rien ne devait être accepté avec plus d'empressement par la crédulité publique. Mais, pour le coup, Armand Marrast se sentait blessé au vif du cœur. Dans ces mêmes temps, ayant rencontré dans les couloirs du Palais-Bourbon l'abbé de Genoude, il l'interpella très vivement, en présence de témoins :

— Monsieur l'abbé, lui dit-il, un ancien confrère en journalisme s'adresse à vous afin d'attirer votre attention sur les fantaisies que votre gazette ne craint pas mettre à son compte. Qu'on m'appelle marquis de la République, je ne réclamerai pas, sachant bien, qu'en tout temps, il faut faire la part de la malignité gauloise. Mais il y a sornettes et sornettes. C'est donc autre chose en ce qui concerne le berceau du comte de Paris dans lequel j'aurais fait coucher ma petite fille. Que diriez-vous donc, monsieur l'abbé, si, demain, j'imprimais, sérieusement, dans le *National*, qu'après avoir dit la messe à une chapelle de Notre-Dame vous aviez emporté, chez vous, le saint-ciboire pour en faire un verre à vin de Champagne ? Le fait vous paraîtrait monstrueux. Eh bien ! il ne serait pas plus invraisemblable aux yeux de la foule que ce conte bleu du berceau.

M. de Genoude tendit la main au membre du Gouvernement provisoire et la lui serra forte-

ment. A dater de ce jour-là la *Gazette de France*
n'inséra plus dans ses colonnes une ligne qui
fût de nature à blesser son ancien confrère.

Après les journées de Juin, quand M. Senard
quitta le fauteuil de la présidence pour le ministère de l'Intérieur, on alla querir Armand Marrast à l'Hôtel de Ville, et la Constituante en fit
son chef par cinq ou six élections répétées de
mois en mois. La veille, l'ancien journaliste
était maire de Paris ; le lendemain, il occupait
le premier poste de l'État. A bien prendre les
choses, l'Assemblée nationale étant le souverain, lui, président, avait le pas, même sur le
général Cavaignac, chef du pouvoir exécutif.
Ainsi, en un instant, sans aucun effort, par un
caprice de la Fortune, il montait à la cime du
mât de cocagne. Est-il vrai qu'à la première
heure la tête lui ait un peu tourné ? La fumée
des grandeurs grise vite. On a prétendu alors
que l'appétit lui étant venu en mangeant, il
avait rêvé d'être, un peu plus tard, porté à la
première magistrature ; mais je ne crois pas
que ses visées soient allées jusque-là. Sachant
bien que, dans l'état de bouillonnement où
étaient alors les partis, la main d'un soldat

serait, avant tout, nécessaire au salut de la
République; n'oubliant pas non plus combien
la France témoignait de reconnaissance au
général qui venait d'étouffer l'insurrection, il
savait modérer les élans de son ambition. Pro-
visoirement il s'estimerait heureux d'être choisi
comme vice-président à côté du nouveau Washington. Du moins, tels étaient les *on dit* qui
circulaient dans les couloirs, à la porte du
comité chargé de dresser le projet de constitution. En attendant que ce rève se réalisât, la
situation actuelle avait, d'ailleurs, de quoi le
satisfaire. Ce fauteuil du Palais - Bourbon,
n'était-ce pas le plus brillant des marchepieds?

Chose très curieuse : du jour où il fut investi
de cette dignité qui consistait à présider les
Neuf-Cents, se jouant des moqueries dont on
l'avait poursuivi depuis le 24 février, il parut
prendre à tâche d'en établir le bien fondé. Le
titre de marquis, qu'on lui avait donné ironiquement, paraissait donc avoir été ramassé par
lui-même dans la poussière des clubs. Il l'aurait presque arboré à son chapeau. Il est certain qu'aucun des membres du Gouvernement
provisoire, Lamartine compris, Lamartine pour-

tant si prodigue, n'avait osé étaler en public autant d'idées de faste. De cette demeure passagère du Corps législatif, Armand Marrast se préparait à faire pour son propre compte une résidence d'altesse. Quoique le budget de la Chambre, fort diminué par l'esprit lacédémonien de l'époque, n'attribuât plus au président qu'une prébende de quarante mille francs au lieu de cent mille francs, il prit la posture d'un grand seigneur qui jette l'argent par les fenêtres.

Répétons-le, ce retour au luxe charmait Paris et, grâce au sobriquet, désormais accepté, tant de beaux airs ne pouvaient plus étonner personne. D'un seul coup, le nouveau président faisait oublier M. Dupin aîné, et M. Sauzet, ces deux bourgeois, pourtant familiers de l'ancienne cour. On lui voyait une écurie, une livrée, des officiers de bouche. Est-ce que ça n'était pas tout simple, puisqu'il avait à se rencontrer journellement avec tous les membres du corps diplomatique et avec les ministres? Sans doute ce train offusquait les regards de ceux qui l'avaient vu, la veille, si modeste, dans un humble appartement de la rue Notre-

Dame-de-Lorette. Autre détail : il avait fait louer une loge à quatre des principaux théâtres. Chaque semaine, le président envoyait à quelques-uns de ses collègues, sans acception de parti, un coupon de cette loge. N'était-ce pas se complaire à jouer au marquis ?

Un peu plus haut, j'ai dit comment le commerce, paralysé par une longue suite d'émeutes, réclamait à grands cris une reprise des fêtes. Des démarches avaient été faites à ce sujet auprès du chef du pouvoir exécutif : « Général, donnez le signal ! » Que voulez-vous ! Tout entier au devoir de cicatriser les blessures encore saignantes de la guerre civile, le général Cavaignac déclinait l'invitation qu'on lui adressait. Tout au contraire, le président de la Constituante ramassa la balle au bond. Il fit donc annoncer qu'il donnerait trois bals, dont le premier aurait lieu au commencement d'août.

Jusqu'à cette heure, rien n'avait été plus mesquin que le palais présidentiel. Vers les derniers temps du règne de Louis-Philippe, M. Guizot, frappé à l'aspect de si peu de relief, était venu demander un crédit extraor-

dinaire à l'effet de bâtir un hôtel qui fût plus
digne du premier des membres de la représentation nationale. Au 24 février, les travaux
étaient fort avancés, mais non encore ter-
minés. On dut les finir un peu à la hâte en
juin, en juillet et en août. Un heureux hasard
voulut que leur achèvement coïncidât avec la
nomination du nouveau dignitaire. En sorte
que ces superbes salons que, cinq mois avant,
M. Sauzet croyait lui être destinés, ont dû
s'ouvrir pour la première fois pour le rédacteur en chef du *National*.

En arrivant de l'Hôtel de Ville à sa nouvelle
résidence, Armand Marrast s'était fait suivre
de M. Edmond Adam, son adjoint. A eux deux
ils organisèrent la première fête, un dîner de
gala, avec concert et bal. On voit que c'était
presque une trilogie. Parlant au nom de la
haute banque, M. Odier félicitait le président
de chercher à faire oublier les sanglantes querelles de la veille; mais un incident parle-
mentaire, un dernier écho de la guerre des
rues, fit que l'affaire tourna tout à coup contre
notre sybarite, du moins au gré de l'extrême
gauche. La date fixée pour la soirée était celle

du 3 août. Or, à la Constituante, sans qu'on y eût été aucunement préparé par l'ordre du jour, la séance avait vu apparaître à la tribune deux hommes du côté droit. Ç'avait été, d'abord, M. Quentin-Bauchart et, après lui, M. Odilon Barrot, l'un comme rapporteur, l'autre comme président de cette malencontreuse commission d'enquête à laquelle, dans une heure d'affolement pendant la bataille, l'Assemblée avait enjoint de rechercher les causes premières de cette lutte fratricide. Donnant à leur mandat une allure des plus menaçantes, les deux orateurs n'avaient pas hésité à désigner aux sévérités de la loi plusieurs personnages républicains. En faisant remonter la responsabilité des faits bien avant les journées de Juin, ils étaient venus demander la mise en accusation de trois des fondateurs de la République : Ledru-Rollin, Louis Blanc et Marc Caussidière.

Rien que par ce réquisitoire, on recommençait les hostilités. Ces trois noms, jetés en pâture aux rancunes de la droite, étaient nécessairement relevés chaleureusement par la gauche. En de telles circonstances, le président n'avait-il pas le devoir de décommander sa fête ? Etait-ce une bien heureuse inspiration que de donner une soirée dansante à la fin d'une séance marquée par des orages ? Mon Dieu, qu'y faire ? Les lettres d'invitation avaient été lancées pour cette date. Festin, orchestre, fleurs, buffet, tout était prêt. Encore un coup, que faire ? Les sorbets à la neige ne peuvent attendre, surtout en août !

Dans les couloirs et au dehors du Palais-Bourbon, ce fut un beau bruit. Sans s'arrêter à voir qu'il n'y avait là dedans qu'une coïncidence, une rencontre fortuite, les Montagnards se mirent à pousser des cris de paon. En rappelant ces journées récentes où le sang avait coulé à flots, ils disaient qu'un tel bal, donné par un républicain, serait un scandale, si ce n'était pas un sacrilège.

Quelques-uns, songeant au réquisitoire introduit contre trois de leurs amis, taxaient le fait de trahison. En tout cas, ils le signalaient comme le raffinement d'une ironie des plus condamnables. Pierre Leroux prononçait tout haut le mot de Directoire, et Théodore Bac, son disciple, commentant cette parole, s'écriait :

« Est-ce que le marquis de la République veut
recommencer l'époque des *Pourris ?* » Un écrivain de l'extrême gauche, un rédacteur de la
Réforme, Jules Gouache, faisait imprimer à la
hâte un pamphlet sous ce titre : *les Violons
de M. Marrast.* Toute la Chambre ayant été
invitée, vingt-sept membres de la Montagne
renvoyèrent leurs lettres d'invitation, ce qui
était une marque de mépris. Quant au côté
droit, s'il ne désapprouvait pas la fête, il s'armait du privilège de s'en moquer le plus possible.

Par exemple, un ancien radical devenu modéré, M. Louis Reybaud, naguère protégé
par Armand Marrast lui-même, profita de la
circonstance pour ajouter un chapitre à son
roman aristophanesque : *Jérôme Paturot à la
recherche de la meilleure des Républiques.*
« Nous avons un président dameret, » a-t-il
écrit. Suit un portrait à la plume fort chargé
de l'ancien rédacteur en chef du *National*, car
c'était au *National* même qu'il avait obtenu de
publier le type de Jérôme Paturot, première
manière. Mais déjà, dès ce temps-là, bien que
Nestor Roqueplan n'eût pas encore inventé cette

formule, l'ingratitude pouvait être regardée comme l'indépendance du cœur.

En dépit de tout ce que je viens de rapporter, la fête eut lieu. Comme il s'agissait de pendre la crémaillère, le bal et le concert furent précédés d'un dîner de soixante couverts. Autour d'une table non moins superbe que celle que Paul Véronèse nous montre dans les *Noces de Cana*, on aperçut côte à côte des personnages qui, en d'autres temps, n'eussent jamais consenti à se rencontrer.

Pour faire voir à quel point le bleu, le blanc et le rouge pouvaient se donner la main en ces jours troublés, il suffira de citer les noms des principaux convives. Indépendamment des membres du corps diplomatique, le président de la Constituante était parvenu à faire asseoir dans sa salle à manger, sans qu'ils se prissent aux cheveux, non seulement beaucoup d'hommes publics qu'il avait vivement houspillés lorsqu'il était journaliste, mais encore quinze ou vingt personnalités profondément discordantes entre elles.

Parmi les soixante invités figuraient bon nombre d'hommes qu'on pouvait s'étonner de

voir ensemble à une telle table. Un des premiers, très reconnaissable à son long nez autant
qu'à sa figure astucieuse, était le comte d'Argout. Fin renard, très délié, fort sceptique en
toute chose, il passait, non sans raison, pour
avoir toujours adoré le soleil levant. En 1814,
au moment où tombait l'Empire, cet habile
étant préfet de Pau, on le voyait brûler sur la
place publique le drapeau tricolore, jeu de théâtre qui le mettait en belle posture auprès des
Bourbons de la branche aînée. 1830 arrive ;
Charles X est renversé ; l'Érostrate des trois
couleurs, comme l'appelait la *Némésis*, devient
l'un des favoris du roi des barricades. Pair de
France et gouverneur de la Banque, au 24 février, la République survenant, le point d'honneur aurait dû lui faire une loi de se démettre.
Point du tout. Il accourut, tout souriant, s'asseoir à la table d'un révolté de la veille qu'il
avait, en 1835, condamné à la peine de mort,
lorsqu'il faisait partie de la Haute Cour. Spectacle non moins digne de remarque : vis-à-vis
de lui était assis Berryer, le grand orateur de
la légitimité, le même qui, sous Louis-Philippe,
s'était élevé avec tant d'éloquence contre le

cynisme des apostasies. Un très beau mot, mais une rengaine ! Depuis cent ans, notre pays n'est guère mené que par de : apostats, et le prince de Talleyrand, leur prototype, prétendait qu'ils sont ce qu'il y a de meilleur en politique. — Pour ne pas perdre de vue le comte d'Argout, après avoir servi Napoléon Iᵉʳ, Louis XVIII, Charles X, Louis-Philippe et la seconde République, il a été maintenu dans ses hautes fonctions par Napoléon III et, quand il est mort, on a donné son nom à une des rues de Paris. — Moralistes à courte vue, que dites-vous de ça?

A la vérité, pas très loin de cet homme si bien fait pour être partie prenante au budget, en guise de contraste, on pouvait entrevoir la tête austère de Dupont (de l'Eure), le doyen du Parlement, la vertu civique en chair et en os. Contrevenant à ses habitudes, le vieillard, républicain de la vieille école, hélas ! avait tenu à se montrer à ce banquet pour bien faire voir qu'il fallait y attacher un sens de réconciliation entre les vieux partis, lesquels devaient désormais se fondre tous dans l'amour de la France et de la République. Au nombre des convives se voyaient aussi le général Neumayer, un brave soldat ; M. Vivien, un juriste plein de savoir, et aussi un petit homme, pas très beau, grisonnant, grimaçant, tout salpêtre et tout esprit, M. Duvergier de Hauranne, député du Cher. Célèbre parce qu'il avait des liens de parenté avec un illustre janséniste, il était regardé lui-même comme une sorte de personnage. Ancien rédacteur du *Globe*, sous la Restauration, la galerie avait dit de lui : « C'est un des enfants de chœur de Royer-Collard. » Un peu plus tard, les petits journaux écrivaient : « Il est, avec M. de Rémusat, l'un des deux mameluks de M. Thiers. » C'était lui qui, en très grande partie, avait suscité, six mois avant, cette fameuse campagne des banquets réformistes d'où était sortie la Révolution nouvelle. Il n'eût sans doute pas mieux demandé que de se rallier à la République, mais le jacobinisme et les utopies du jour effrayaient ce châtelain du Sancerrois, à bon droit jaloux de ses privilèges en tant que propriétaire foncier. A côté de lui, jouant avec un verre mousseline, souriait un vieillard légèrement moqueur. On reconnaissait en lui M. de Belleyme, l'ancien président des référés. Ce magis-

trat a laissé une grande réputation à cause
d'un joli mot qui vivra sans doute autant que
la civilisation française. A tous les préludes
d'un procès, à tous ceux qui venaient porter une
plainte devant lui, il commençait par dire :
« Où est la femme ? » En face d'eux se dres-
sait en homme du monde le comte de Falloux,
une sorte d'antithèse vivante.. Cet autre, en
effet, aura été un étonnant composé de contrastes. Plein d'amour pour la Société de Jésus,
il avait épousé une petite-fille de La Chalotais ;
il était tout ensemble libéral et légitimiste ; au
24 février, il avait proclamé avec ardeur la
déchéance de Louis-Philippe, en mettant à son
chapeau une cocarde tricolore et, en même
temps, il travaillait à la Restauration d'Henri V.
Autre chose : il cultivait avec une égale
passion les lettres et l'élève des bestiaux, se
montrant aussi heureux de faire couronner un
de ses verrats au concours de Poissy que de se
faire élire lui-même membre de l'Académie
française. Pas très loin de cet homme si divers
se tenait un joyeux garçon, M. Louis Perrée,
directeur du *Siècle*, et aussi le général Rapatel,
dont le nom devait à quelque temps de là

fournir au *Charivari* l'occasion de forger le
mot Ratapoil, et aussi M. Achille de Vaulabelle,
l'auteur de l'*Histoire des Deux Restaurations*,
ce modeste qui se défendait de vouloir être
ministre de l'Instruction publique, en disant au
chef du pouvoir exécutif : « Général, cherchez
donc, pour être grand maître de l'Université,
un homme qui sache un peu plus de latin que
moi. »

On voit combien les bizarreries abondaient
à cette table et je n'ai pas le loisir de les
signaler toutes. Par exemple, il faudrait noter
M. Edgar Quinet, un professeur qui s'était
présenté en uniforme de colonel de la garde
nationale. Parmi les soutiens de la royauté
déchue, le comte Portalis, un septuagénaire,
ex-pair de France, président honoraire de la
Cour de cassation, et Armand Marrast avait,
tout récemment, dit de ce savant jurisconsulte :
« Jadis, c'était un flambeau ; à présent, ce
n'est plus qu'un lumignon » N'oublions pas
Jules Bastide, ministre des Affaires étrangères ;
ni un médecin fort aimé au faubourg Saint-
Antoine, le citoyen Recurt, ministre de l'Intérieur, ancien président de la *Société des*

droits de l'homme, la plus redoutée des asso-
ciations politiques. Puisque l'histoire doit tenir
registre des moindres détails, il ne lui serait
pas permis d'omettre la présence du marquis
Henri de la Rochejaquelein ni celle du lieute-
nant-colonel Charras. Au milieu de tant de
célébrités si hétérogènes, on avait adroitement
semé des membres de l'Institut, puisque cette
graine pousse partout. Il y avait aussi cinq ou
six représentants de la haute finance.

Dieu me pardonne, j'allais passer sous silence
le nom d'un grand artiste, celui du Phidias de
notre âge. David (d'Angers) avait été placé au
bout de la table ; mais, bien entendu, tous ses
voisins étaient aux petits soins pour ce sculpteur, l'un de ceux qui auront fait ici-bas le
plus d'immortels. Tout cet empressement n'empêchait point qu'il n'eût une figure fort attristée.
D'où venait donc ce visage morose ? Il circulait,
à ce sujet, une légende. On racontait que, la
veille des journées de Juin, il avait reçu une
lettre anonyme à peu près conçue en ces
termes : « Si nous nous emparons du jardin
des Tuileries je prendrai ton *Philopœmen* pour
en faire les assises d'une barricade. » Peut-être

ce billet était-il une menace sérieuse de quelque
ennemi caché ; peut-être n'était-ce qu'une fumisterie, car, chez nous, les farceurs profitent
de tout pour avoir à rire. Ce qu'il y a de certain
c'est que David (d'Angers) ne pouvait s'empêcher de narrer le fait et de montrer la lettre
comminatoire en y voyant une mésaventure.

Par bonheur, vu l'insuccès de l'insurrection,
le héros grec a pu demeurer sur son piédestal,
mais ce ne devait pas être pour longtemps. En
1852, en effet, au lendemain du 2 décembre,
M. de Nieuwerkerke, surintendant des beaux-
arts, trouvant sans doute que le général de
Mégalopolis avait une frimousse trop républicaine, faisait enlever *Philopœmen* de son socle
pour le remiser dans les combles du Louvre
avec le *Spartacus* de Foyatier. Ces attentats au
génie, le grand sculpteur ne devait pas les voir,
puisqu'il était envoyé en exil, ainsi que tant
d'autres ; mais un coup plus cruel encore devait
déchirer son cœur de père. On sait que jadis,
après la guerre de l'indépendance hellénique, il
avait envoyé en Grèce le plus achevé de ses
chefs-d'œuvre. C'est une statue en marbre du
Pentélique, une jeune femme, une jeune Muse,

si vous voulez, personnifiant la Grèce moderne.
David (d'Angers) l'a placée sur un tombeau, où
elle s'incline légèrement, en écrivant sur un
bouclier ce nom célèbre : *Marco Botzaris*.
Puisqu'il errait loin de la France, le statuaire,
voyageant, poussa jusqu'en Laconie et ne put
résister au désir d'aller revoir cette œuvre de
sa pensée. Il accourait donc, déjà vivement
blessé dans ses affections politiques, en se flattant que le culte de son art l'aiderait à faire
taire, un moment, son chagrin ; mais dès qu'il
se fut approché du monument, il vit qu'on l'avait
outrageusement mutilé. Un palikare ou un fou,
et, en tout cas, un barbare, visant l'image de
marbre, avait brisé avec une balle l'un des bras
de la vierge sacrée. A cette vue il ne lui fut
pas possible de refouler son émotion au fond de
sa poitrine ni de retenir ses larmes. A très peu
de temps de là, il s'éteignait, succombant à un
accès de tristesse et aux douleurs de l'exil.

II

Revenons à la fête donnée par Armand Marrast.

A ce banquet de réconciliation, mais trop nombreux pour rappeler celui des Sept Sages, le général Cavaignac occupait nécessairement une place d'honneur. Mais comment des commensaux si bigarrés se regardaient-ils entre eux? Que pouvaient-ils se dire? N'y en avait-il pas un, qui, malgré lui, ayant encore l'esprit fixé à cinq mois de distance, se rappelât quelques lambeaux d'un ancien réquisitoire prononcé contre les conspirateurs? Ne s'en trou-

vait-il pas un autre, qui, sans le vouloir, fût
poussé à répéter les vieilles sorties contre les
soutiens de la monarchie défunte ?... L'étonnement qu'éprouvait, sous Louis XIV, le doge
de Gênes, en foulant les tapis du palais, à
Versailles, recommençait pour presque tous les
invités.

En particulier, quelle couleur pouvaient avoir
les pensées du colonel Charras et du marquis
de la Rochejaquelein qui, en juillet 1830, l'un
tenant pour Charles X, l'autre pour la Révolution, s'étaient rencontrés en armes à travers les
barricades ? Mais telle est désormais, chez nous,
la bascule des événements : hier, on demandait à faire disparaître un adversaire avec lequel on est amené, aujourd'hui, à vider un
verre de moët. Ceux de nos compatriotes qui
vont visiter Londres ont pu s'arrêter au musée
de madame Tussaud devant une cage en fer au
fond de laquelle on aperçoit pêle-mêle un chien,
un chat, un loup, un agneau, un oiseau et une
souris. Le tout vivant avec la plus touchante
fraternité et surmonté de cet écriteau : *A l'al-
liance universelle*. Le festin des soixante couverts était en grand cette cage toute remplie

d'amitiés hostiles et momentanément d'accord, la fourchette à la main.

Le dîner finissait vers dix heures et demie, y compris le temps qu'on met à fumer un cigare. Puis commençait le bal.

S'il y avait eu des disparates à table, on n'en aurait pas remarqué moins dans les salons où l'on dansait. Une chose comique à voir, c'étaient les diplomates. Pour être en harmonie avec les idées d'égalité sociale qui soufflaient alors sur l'Europe, dédaignant le vieux cérémonial, presque tous n'avaient voulu venir qu'en frac noir et en gants blancs.

Pourtant deux ou trois parurent en costume de cour, avec le grand ruban en sautoir, le chapeau d'ordonnance, l'épée au côté. De ce nombre était le marquis de Brignolles-Sales, ambassadeur du roi Charles-Albert. Personne n'ignore que, converti sur le tard à la cause libérale, le chef de la Maison de Savoie s'était hâté de reconnaître la République française. En elle il espérait rencontrer une puissante alliée pour la réalisation de son rêve touchant l'unité de l'Italie. Naturellement l'envoyé, en brillant uniforme qui représentait ce prince,

avait reçu ordre de ne jamais faire grise mine
à notre démocratie naissante, et c'était afin de
se conformer à ces instructions de son maître
que ce plénipotentiaire si bien paré était accouru
l'un des premiers. Mais que de gêne dans ses
mouvements ! Comme il était bien visible qu'il
jouait son rôle par contrainte ! Isolé et imposant, il allait d'un salon à l'autre, mais en muet,
se contentant de répondre au salut des passants
par une inclination de tête, ou, tout au plus,
par un petit geste de la main droite. Eh ! dame,
comme il se sentait serré de près par le ministre
d'Autriche, il ne devait pas non plus faire trop
l'empressé. On n'a pas oublié qu'à très peu de
temps de là, vaincu à Novare, son roi tombait
du trône pour s'en aller mourir de chagrin en
Portugal. Y avait-il déjà sur la figure de son
ambassadeur un reflet précurseur de cette chute ?

Cette année-là, au commencement d'août,
l'Europe était en feu. Tandis que Strüve le
démocrate soulevait le grand-duché de Bade,
le peuple de Berlin, s'insurgeant à son tour,
obligeait le Guillaume d'alors à se montrer sur
le balcon du palais et le sommait d'avoir à
poser sa main sur la poitrine d'un patriote que

ses soldats venaient de tuer. Vienne aussi avait fait des barricades ; la Légion académique, presque entièrement composée d'étudiants, chassait le Kaïser de sa capitale. Dans le même moment, la Hongrie se détachait de l'Empire en proclamant la République sous la conduite de Kossuth. On sait ce qui se passait à Rome, à Milan, à Modène, à Florence, à Venise, à Naples où se faisait aussi sentir le contre-coup du 24 février. Au milieu de tant de conjonctures, les membres du corps diplomatique avaient assez à faire dans leurs hôtels ; pourtant presque tous vinrent par eux-mêmes à la Présidence ou s'y firent suppléer par des lieutenants de marque. Quinze s'étaient assis au dîner. Le tout sans doute afin de justifier le mot du prince de Ligne, l'un d'eux : « Un diplomate mangerait du pudding sur les ruines de l'univers. »

Au milieu de ce va-et-vient d'employés de chancellerie, les yeux suivaient plus spécialement un groupe formé de deux têtes. Il s'agissait du ministre de la Grande-Bretagne et de sa femme. Lord Normanby avait jugé inutile d'arborer son superbe harnachement de réception.

9.

Vêtu de noir des pieds à la tête, la cravate exceptée, laquelle était blanche avec un nœud à la Colin, il s'avançait d'un pas majestueux en tenant par la main la marquise, son épouse, en robe de soie violet foncé. Haut de taille, la tête couverte d'une épaisse chevelure grisonnante qui s'enroulait en de nombreux tire-bouchons, l'envoyé de la reine Victoria était bien un véritable échantillon de cette oligarchie britannique dont les airs de dédain sont proverbiaux tout le long de la Mappemonde. Pourquoi était-il venu à ces réjouissances ? Très probablement pour obéir à lord Palmerston, son chef de file. Une chose évidente, il ne paraissait pas avoir le cœur à la danse et, suivant le mot populaire, il y allait comme un chien qu'on fouette.

Tous deux aussi, lord et lady Normanby, avaient pris part au dîner. Ces agapes finies, il fallait, sinon partir avec les violons, du moins se montrer parmi les danseurs. On les voyait donc, mais très cérémonieusement, traverser la foule. Ce n'était, du reste, un mystère pour personne que lord Normanby eût vu d'un fort mauvais œil la révolution nouvelle et ses conséquences. Ami personnel de Louis-Philippe, le

24 février n'avait pu que le troubler dans son heureux train de vie et dans ses prédilections. Cet orage l'effrayait, en outre, au plus haut point, à cause des ébranlements qu'il imprimait à l'Europe et aux Trois-Royaumes eux-mêmes. Est-ce que, dès les premiers jours de mars, Londres n'avait pas eu la chair de poule à cause de l'émeute des Chartistes? Encore à cette heure même, l'Irlande, dont il avait été autrefois le lord-lieutenant, était profondément houleuse. D'ailleurs ce grand mot de liberté, que le vent portait partout sur ses ailes, avait l'air de lui faire un reproche en ce qu'il lui rappelait sa jeunesse et plus turbulente et plus généreuse. En 1818, au moment où il entrait à la Chambre des communes, whig de naissance, il avait commencé par être un libéral plein de fougue. Or, maintenant, il condamnait en France ce qu'il avait professé dans le passé au delà du détroit. Jadis aussi, quand il était gouverneur de la Jamaïque, en 1832, il avait favorisé de tout son pouvoir l'émancipation des esclaves. Voilà que, sur la motion de Victor Schœlcher, la jeune République proclamait à son tour les noirs libres, et le décret d'aboli-

tion lui arrachait des cris de colère. Je viens de
parler de l'Irlande. A l'époque où il avait été à
la tête de cette île, *la verte Érin,* pour la première fois depuis des siècles, s'était mise à réclamer son autonomie. Mais, à Paris, le 17 mars,
dans la manifestation républicaine où l'on avait
vu cent cinquante mille citoyens, la plupart en
blouse, se rendre processionnellement à l'Hôtel
de Ville pour contre-balancer l'effet de la ridicule exhibition des *bonnets à poil,* quatre mille
Irlandais, résidant dans nos murs, s'étaient
mêlés à la foule. Ils s'étaient même fait précéder du drapeau vert à la harpe d'argent,
symbole de leur patrie, et, sur ce fait, prenant
la mouche, l'ambassadeur avait dit : « Cette
révolution en veut à la reine Victoria », et,
boudeur aveugle, il tourna le dos au nouveau
régime.

Au surplus, lord Normanby n'avait aucun
goût pour celui qui donnait cette fête. C'est ce
qu'il a fait connaître, quelques années après,
en publiant à Florence et à Londres les pages
imprégnées de fiel qu'il a écrites à Paris, dans
son hôtel. De là cette figure renfrognée et ces
airs de Jérémie qui paraissaient dire aux autres :

« Dansez, si vous voulez. Quant à moi je ne vois pas la situation en rose, puisque tous les trônes tremblent. Il n'y a d'actuel que la Danse macabre. »

De même que Disraëli, Sa Seigneurie avait commencé par faire des romans. Continuant ce métier d'homme de lettres, lord Normanby consacrait, tous les jours, plusieurs heures de son temps à jeter ses impressions sur le papier. A la longue, ces notes accumulées ont fini par former une manière d'ouvrage. Cela a paru sous ce titre : *Une année de révolution, d'après un journal tenu à Paris, en 1848, par le marquis de Normanby*. En réalité, ce n'est ni une histoire, ni une suite de mémoires, ni même un journal. On n'y trouve qu'une série de cancans sur les choses et les hommes du temps, et rien de plus. Si l'on en excepte Lamartine, que l'auteur avait eu l'occasion de connaître jadis, en Italie, et qu'il n'ose pas trop maltraiter, tous les autres acteurs du drame politique d'alors sont dessinés sans aucun ménagement. Vainement Armand Marrast était un publiciste de talent, le lord le traite comme un goujat. Marquis contre marquis, écrivain contre écrivain, ne serait-on pas en droit de supposer qu'il y eut à ce sujet comme l'acrimonie d'une double rivalité ? Mais au bal il s'inclinait devant le président de la Constituante toutes les fois qu'il avait à le coudoyer. Ce ne fut qu'après avoir fait vingt fois le tour des salons, toujours accompagné de sa rigide et revêche épouse, c'est-à-dire vers minuit et demi, qu'il se décida à faire appeler sa voiture et à retourner, non sans fracas, dans son hôtel du faubourg Saint-Honoré.

III

Un des personnages qu'on remarquait le
plus à cette fête était le général Lamoricière,
pour le moment ministre de la guerre. Puisqu'il occupait, en outre, à l'Assemblée nationale les fonctions de vice-président, il devait
être, à plus d'un titre, l'un des soixante invités d'Armand Marrast. Accompagné de sa
femme, mademoiselle d'Andigné de La Châse,
modérément belle, mais d'une certaine distinction de manières, il visitait, lui aussi, le bal,
mais en ayant plutôt l'air d'un curieux que
d'un hôte. Cet intrépide soldat, le type du

zouave, si connu par ses prouesses en Algérie,
était l'un de ces hommes durs pour eux-mêmes
dont notre âge de sybaritisme ne comprendrait
plus la noble simplicité. Il eût pu se produire à
cette soirée sous un brillant uniforme de
général de division ; mais les dorures, mais les
croix sur la poitrine, mais le chapeau à
panache auraient certainement gêné ce Vendéen
alerte, que tout représentait comme n'aimant
point le clinquant. Voilà pourquoi il ne se montrait qu'en vulgaire pékin, seulement décoré
de la rosette de la Légion d'honneur. Quant à
madame de Lamoricière, elle aussi était vêtue
sans beaucoup de recherche. Point de fleurs ni
de diamants. Après tout, en considérant qu'on
était au lendemain d'une guerre fratricide, que
cette lutte insensée venait de faire des milliers
de veuves et d'orphelins, une telle sévérité de
costume ne pouvait blesser les yeux de personne et, par conséquent, elle était acceptée
sans commentaire.

En dépit de la mode, qui était chez presque
tous les hommes publics d'affirmer qu'on avait
toujours soupiré pour le régime nouveau, le
général ne s'était pas vanté d'être un répu-

blicain de la veille. Loin de là, il n'hésitait pas à dire qu'il était sorti d'une souche de royalistes. On savait qu'il était entré dans l'armée, sous le règne de Charles X, avec les opinions que professait sa famille ; mais, après la chute du vieux roi, il ne s'était point posé en boudeur.

Jeune, ardent, il n'avait plus voulu que se consacrer au métier de soldat. Personne n'ignore la part glorieuse qu'il a prise à la conquête de nos possessions d'Afrique. En 1848, élu représentant du peuple, il avait dit : « Eh bien, soit, vive la République ! J'en suis, mais faisons une république tout à la fois calme et agissante ! » Survinrent le 15 mai et les journées de Juin. Il plaignait ces exaltés de la Révolution qui ne peuvent jamais vaincre sans mettre en péril leur victoire. « Il y a dans Florian une bien jolie fable, disait-il ; c'est celle où l'on voit une guenon étouffer son petit à force de tendresse et en le serrant trop dans ses bras. Citoyens des clubs, méditez donc ce conte-là. » Lorsque le général Cavaignac fut investi de la dictature, son premier soin fut d'appeler son compagnon d'armes au ministère

de la guerre. « Il n'y a que Lamoricière,
disait-il, pour m'aider à sauver la République. »

Pendant ces sanglantes journées dont l'écho
troublait encore toutes les consciences, Lamoricière avait rendu les plus grands services.
Nul n'y avait fait preuve de plus de bravoure.
Chargé de commander la garde nationale, on
peut dire que, par son exemple, il avait en
quelques heures insufflé l'esprit militaire à ses
troupes improvisées. Ce n'était pas assez pour
lui d'aller au devant des balles ; ce n'était pas
assez de se porter à l'assaut des barricades. Ce
qui produisait le plus d'effet sur ceux qu'il
commandait, ce qui les entraînait d'une manière irrésistible, c'était sa constante bonne
humeur dans le combat, un rire franc et sonore,
des saillies à la hussarde, imprégnées de
vieille jovialité gauloise.

Avec ça, il était humain, très peu porté à
verser le sang. Le 28 juin, au faubourg du
Temple, on lui avait amené un prisonnier, un
insurgé, qui, en faisant le tirailleur, était tombé
entre les mains de la garde nationale. « Général, il a blessé grièvement deux des nôtres, lui
disait-on. Il faut le faire fusiller sur place et

sans retard. » D'un geste, il leur imposa silence et fit signe que c'était à lui de parler. S'adressant alors au malheureux qu'on venait de lui amener, il lui dit, mais de manière à être entendu de tout le monde :

— Ah çà ! quels drôles de républicains êtes-vous donc, vous qui n'avez rien de plus pressé que de vouloir tuer la République ? Cette guerre atroce, c'est vous qui la voulez; c'est vous qui l'avez commencée. Que réclamez-vous ? Le diable m'emporte, si j'y comprends un mot ! On assure que vous êtes quarante-cinq mille dans vos sacrées barricades et c'est bien possible, puisque vous avez déjà fait tomber mille cinq cents des nôtres, y compris sept généraux, et des plus braves. Mais encore une fois, que voulez-vous ? Que demandez-vous ? Expliquez-vous clairement. Les uns crient : « Vive la Sociale ! » les autres : « Vive Poléon ! » Il y en a, dans les environs du Luxembourg, qui ont exhibé un drapeau blanc et acclamé Henri V. C'est une confusion au milieu de laquelle une chatte aurait de la peine à reconnaître ses petits. Mais il est clair que vous ne pouvez pas tenir. Nous vous réduirons

avant qu'il soit vingt-quatre heures. Il vaudrait
donc mieux vous rendre. Au commencement,
Cavaignac vous a adressé une proclamation qui
n'a qu'un tort, c'est d'être d'un langage trop
élevé pour des clampins de votre espèce. Il
vous adjure au nom de la France en deuil de
déposer les armes en vous donnant l'assurance
qu'il ne vous sera rien fait si, comme tous les
autres citoyens, vous vous soumettez aux lois.
Mais vous n'avez pas compris ce langage-là,
ou bien vous n'avez pas voulu le comprendre.
Eh bien! tenez, je pourrais vous faire fusiller
ou vous envoyer pourrir dans les casemates.
Non, j'aime mieux vous renvoyer auprès des
vôtres pour leur dire de se soumettre. Partez
vite et revenez m'apprendre qu'ils rentrent chez
eux pour se remettre au travail : revenez d'ici
à une demi-heure, sinon je me remets à vous
canonner, et de la belle façon. »

L'insurgé partit, mais il ne reparut pas. On
sait que la sinistre bataille dut aller jusqu'au
bout.

Cet épisode et cinq ou six traits du même
genre avaient fait du général le point de mire
de l'attention publique. Au bal de la Présidence,

il était donc l'un de ceux auxquels on adressait le plus de saluts et de poignées de main. Plus tard, son arrestation tragique, à l'époque du coup d'État, et son exil si immérité n'avaient fait qu'augmenter l'estime qu'on avait pour lui. Pourquoi une destinée maligne s'est-elle appliquée à ménager à ce soldat la fin de Castelfidardo, si peu faite pour lui ? Dans les *Lettres à une Inconnue,* Prosper Mérimée raconte, qu'à ce sujet, la cour de Napoléon III, fort amie de Victor-Emmanuel, par conséquent anti-papiste en ce moment-là, prenait plaisir à le nommer *Lamoricierge.* Le fait est qu'il a été battu à cause du pape. Qui eût pu prévoir un pareil dénouement à l'époque où le vaillant général, sa femme au bras, figurait au milieu des fêtes de la seconde République ?

Puisque je viens de parler d'un homme qui a commandé l'armée pontificale, disons aussi un mot d'un joyeux évêque. Au nombre des représentants du peuple qui auraient eu le désir d'assister au bal se trouvait un député du Midi, un vieillard d'une complexion bizarre, le moins triste assurément des membres de la Constituante. Ce bon compagnon n'était autre que l'abbé Fayet, ancien capitaine de dragons, qui, un jour, avait brusquement quitté l'armée pour se faire ordonner prêtre. Curé de Saint-Roch sous Louis-Philippe, il s'était fait, par les éclats de sa gaieté, une sorte de renommée dans les sommets de la société parisienne d'alors. A table, surtout au dessert, il était le plus charmant des convives. On se contait qu'un soir, chez des personnages du temps, étant à court de bonnes raisons au milieu d'une discussion théologique, il avait lestement tendu son verre à l'échanson, en disant : « Versez du bordeaux ! versez ! Ça mouille agréablement la philosophie. » Quelques-uns de ses sermons ayant touché la reine Marie-Amélie, qui était de sa paroisse, on l'avait nommé évêque d'Orléans et c'était au moment où il occupait ce siège qu'était survenue la révolution de Février.

Dès les premiers jours, le gai prélat s'était prononcé pour le mouvement. « Je suis le disciple et le serviteur du Fils du Charpentier, écrivait-il ; je dois aimer le peuple. » Ces paroles lui avaient valu d'être envoyé au Palais-Bourbon par le département de la Lozère. Pas fort grand, mais bien pris dans sa taille, pétulant, peu bégueule, il n'avait pas tardé à se faire remarquer par la vivacité de ses apostrophes. A trois ou quatre reprises, il était monté à la tribune, non pour débiter des harangues, mais pour ne garder la parole que de courts instants. On ne l'entendait alors dire que des choses amusantes. Raison pour laquelle le *Charivari* et le *Corsaire* l'avaient surnommé : *l'évêque de Pomponne.*

Un prince de l'Église si peu collet-monté, si mondain même, ne pouvait guère marcher de pair avec les autres membres de l'épiscopat qui faisaient partie de la représentation nationale. Aussi paraissait-il s'être étudié à ne point prendre place auprès de ses collègues aux bas violets, tous surmontés d'un front sévère. D'abord, il s'était assis à gauche, c'est-à-dire parmi les républicains, ce que, du reste, avait fait comme lui le Révérend Père Lacordaire, de l'ordre des Dominicains. En second lieu, obéissant sans doute à un invincible attrait pour les souvenirs de la vie militaire, il s'était arrangé de façon à être toujours à côté du général Cavaignac, dès que ce dernier eut été proclamé chef du gouvernement. C'est dire qu'il votait constamment avec la majorité républicaine. Il était donc de ceux qui avaient le plus contribué à maintenir Armand Marrast au fauteuil de la présidence.

Vint le bal. Les neuf cents représentants du peuple durent être tous invités sans distinction de cocarde, de profession civile, politique ou religieuse. Naturellement l'évêque d'Orléans reçut sous enveloppe sa carte d'entrée. On voit d'ici l'embarras que ne pouvait manquer d'éprouver ce monseigneur retenu à domicile par le caractère de sa soutane. Évidemment le député de la Lozère souffrait de ce qu'il y avait d'ironique ou de contradictoire dans une telle situation. Et même, dans la séance qui précéda la fête, il ne put s'empêcher de faire part à l'un de ses voisins de l'ennui qu'il ressentait à cet égard. Les propos qu'il faisait entendre étaient déjà piquants par eux-mêmes, mais l'accent méridional qui vibrait dans sa parole en augmentait encore le mordant.

— Autrefois, disait-il, quand j'étais capitaine de dragons, j'aurais pu assister au bal de la Présidence ; mais, en ce temps-là, je n'étais pas représentant du peuple. Aujourd'hui, voyez, la bizarrerie ! je suis représentant du peuple, mais, en outre, je suis évêque d'un des grands diocèses de France. Or, en cette qualité, je ne puis montrer ma personne là où l'on danse, à moins que je ne fasse rétablir l'ancien régime, âge d'or des prêtres où les évêques et les petits abbés pouvaient prendre part aux réjouissances du monde sans exciter aucun scandale. Remonter aux jours d'avant 89 ! C'est ce que je ne saurais raisonnablement demander, puisque je vote constamment pour l'avenir de la République.

Cependant, si le spirituel évêque d'Orléans ne jugea pas à propos de se montrer au bal, en revanche, plus d'un membre de la droite monarchique s'y fit voir délibérément. Il y en eut même plusieurs qui, comme lord Normanby et le général Lamoricière, y vinrent avec leurs femmes. J'ai pu constater que les députés bretons y étaient en bon nombre. Ces hommes rigides ne dansaient pas, il faut le reconnaître ; mais ils ne se défendaient pas pour cela de se mêler aux groupes les plus animés, et nous avons été à même de les voir courir avec un certain empressement aux

buffets où la tisane d'Aï coulait à flots écumants
dans des coupes de cristal. Répétons ici une
remarque que j'ai eu occasion de faire, c'est
qu'en toute chose les hommes des anciens
partis sont cent fois plus déliés que les Montagnards; c'est qu'ils s'étudient toujours avec
le plus grand soin à ne pas trop contrarier
les mouvements de l'opinion publique ou les
caprices du succès. Tout en combattant la
République naissante, s'ils votaient sans cesse
contre ses fondateurs, s'ils criblaient d'épi-
grammes ce marquis d'emprunt qui donnait
cette fête, ils comprenaient bien pourtant que
c'était une faute de bouder, et ils avaient l'air
d'être envoyés de force à ce bal par les exigences de leur mandat. Évidemment c'était
très bien joué. Les nécessités commerciales de
Paris, les vœux de la France étaient pour le
relèvement du luxe, pour le retour aux plaisirs.
Aux motifs d'impopularité résultant de leur
opposition journalière, ils ne voulaient pas
qu'on pût ajouter un nouveau grief, celui de
faire de l'obstruction. Voilà, du moins, ce
qu'un examen un peu réfléchi de leur attitude
au Palais-Bourbon m'a porté à supposer.

On était reçu à l'entrée des salons par la femme du Président.

Un mot, en passant, sur madame Armand Marrast.

Peu de femmes de ce temps ont pu se flatter d'être plus charmantes. D'origine britannique, issue même, à ce qu'on disait, d'une lignée royale, par suite de quelque mariage de la main gauche, madame Armand Marrast, née Fitz-Clarence, était jolie comme le sont les Anglaises, quand elles se mêlent de l'être. Qu'on imagine une tête d'un dessin très correct, une vraie tête de keepsake. Le front, d'un pur ivoire, très blanc, était ombragé de superbes cheveux châtains ; la figure, éclairée par de grands yeux bleu-de-mer. Toute la personne, très svelte, ne pouvait manquer de paraître fort gracieuse, puisque la jeune étrangère avait été élevée à Paris. Ce soir-là, pour obéir à son rôle de maîtresse de maison, ayant à faire valoir les visiteuses qu'elle aurait à recevoir, elle avait adopté une toilette d'une grande simplicité, mais dont la modestie n'excluait pas l'élégance. Dans l'année qui avait précédé la révolution nouvelle, quelques dames de la cour, la belle

madame Liadières entre autres, avaient cru
devoir faire revenir l'usage de la poudre, ce qui
les préparait agréablement à vieillir. Sans s'in-
quiéter de savoir si les mauvais plaisants ne
trouveraient pas, dans cet appendice de son
costume, une occasion nouvelle de faire de son
mari un marquis de l'Œil-de-Bœuf, la femme
du Président avait, elle aussi, éprouvé le désir
de faire renaître cette mode de l'ancien régime,
et tout le monde convenait que cette neige, tant
maudite par J.-J. Rousseau, jetée savamment,
par petites poignées, sur son opulente chevelure, lui seyait à ravir. Ayant à la main un
éventail pas trop voyant, une sorte de papillon
des prés aux ailes étendues, ce que l'état de la
température ne justifiait que trop, elle se tenait
très dignement assise à l'entrée du grand salon,
souriante et réservée, de manière enfin à faire
bon accueil à quiconque se présentait.

Je viens de dire que cette belle insulaire,
devenue Française par son mariage, avait tout
ce qu'il fallait pour gagner la sympathie des
Athéniens de Paris. Disons-le encore une fois,
elle était charmante, mais sur son jeune visage,
quelque peu émacié, l'œil impitoyable de la

science pouvait trouver un motif de plus de la regarder avec intérêt.

On aurait déjà démêlé en elle l'existence d'un mal naissant, d'une affection qui ne pardonne pas. Cette rose d'York, implantée en France, a passé vite. Très peu de temps après ces fêtes, une maladie de poitrine se développait rapidement et devait l'emporter dans la fleur de l'âge. Tout à l'heure j'ai fait allusion à son origine, c'est-à-dire qu'elle tenait à l'une des maisons souveraines d'Angleterre par les liens de quelque lointaine parenté. Une autre légende, assez touchante, rapportait qu'elle avait eu à se rencontrer, un jour, avec le dernier chef de la famille des Bourbons, et voici comment on racontait cette autre histoire. Madame Fitz-Clarence, sa mère, l'ayant amenée de fort bonne heure en France, l'élevait de son mieux dans l'un des faubourgs de Paris. Étant toute petite, âgée de trois ou quatre ans, l'enfant jouait, seule, un soir d'été, sur la chaussée d'une des grandes voies qui mènent à Saint-Cloud. Il n'y avait par là qu'un petit nombre de passants. Soudain une voiture de grand style arrive à toute vitesse et, n'ayant pas eu le temps de se garer,

la petite fille est renversée, piétinée par les
chevaux, en danger d'être écrasée. Aux cris
d'effroi et de douleur qu'elle jette, une voix
impérieuse ordonne qu'on arrête sans retard.
En même temps, la portière s'ouvre. Le mar-
chepied de la voiture s'abaisse et un vieillard à
tête blanche descend, tout éperdu. Ce vieillard,
ce n'était autre que Charles X. Le roi revenait
de Saint-Cloud, après y avoir chassé, suivant
son habitude. On devine ce qui résulta de cette
scène. Très bon homme, au fond, le vieux prince
s'empressa de faire relever l'enfant meurtrie,
sanglante, à demi morte. On sait qu'il avait le
cœur sur la main, comme on dit, et, du reste,
le dommage étant venu à cause de lui, il n'entendait pas se dérober à ce que demandaient
les circonstances. Il fit donc prendre le nom de
la jeune victime, et, le lendemain, ayant appris
qu'elle aurait la vie sauve, il lui faisait consti-
tuer tout de même une pension viagère sur sa
cassette. Cette rente d'un taux raisonnable avait,
ajoutait-on, formé la plus grosse part de la dot
lorsque mademoiselle Fitz-Clarence s'était ma-
riée. L'aventure est-elle vraie ou ne repose-
t-elle que sur un roman fait à plaisir? Je ne

garantis rien à cet égard, me bornant à reproduire le plus succinctement possible un récit qui, en 1848, circulait parmi les amis du Président, et j'en étais un.

Ne voulant pas oublier que, pendant de longues années, il avait rédigé le compte rendu des débats parlementaires, l'ancien rédacteur en chef du *National* avait cru devoir faire offrir à la Tribune des Journalistes un certain nombre d'invitations. En dépit des dissentiments politiques, on fut d'accord pour louer la délicatesse de ce procédé. Douze ou quinze écrivains de la presse quotidienne, parmi lesquels je me trouvais, mirent un certain empressement à accepter ; mais pourtant ceux des ultra-radicaux qu'on appelait alors les rouges, les légitimistes et les bonapartistes de la veille affectèrent de détourner la tête avec dédain. A ce sujet je demande à noter un incident qui prouve à quel point d'emportement la passion politique peut pousser un homme d'esprit.

Un jour, au sortir de l'Assemblée nationale, en traversant le jardin des Tuileries, je rencontrai Charles de Ribeyrolles, le même qui, depuis la formation du Gouvernement provi-

soire, avait succédé à Ferdinand Flocon en qualité de rédacteur en chef de la *Réforme*. Est-il
besoin de dire que ce Méridional hirsute figurait
en tête des intransigeants de l'époque? Du plus
loin qu'il m'aperçut il tira avec ostentation de
sa poche un bout de papier, une lettre, qu'il
se mit ensuite à chiffonner un peu théâtrale-
ment entre ses doigts crispés.

— Ah çà, qu'as-tu? lui dis-je. Que se passe-
t-il?

— Ce qui se passe! Comment! est-ce que tu
ne l'as pas deviné? Eh! pardieu, ton ami le
marquis de la République vient de nous faire la
plus sanglante des injures.

— Laquelle donc?

— Tiens, regarde. Il a osé m'inviter, nomina-
tivement, à ses *bastringues* du Palais-Bourbon.

— Cher ami, je t'en dirai autant, et pour
moi-même, et pour dix autres de notre profession; mais aucun des invités ne regarde la
chose comme une injure.

— En ce cas, c'est que toi et les autres, vous
ne regardez pas la marche de la Révolution du
même œil que nous, les bons, les vrais, les
seuls républicains.

Et tout à coup, en y mettant et beaucoup
d'exaltation, et une véhémence de Méridional
né dans le Quercy :

— Vois donc un peu ça ! reprit-il, c'est au
moment où l'avant-garde du parti vient de se
faire tuer sur les barricades, car enfin, quoi
qu'on en dise, ils étaient des nôtres, ces batail-
leurs de Juin ; c'est à l'heure où les prisons
sont encombrées, où les conseils de guerre
siègent du matin au soir, où il est question de
transporter en Afrique dix mille prolétaires ;
c'est quand Ledru-Rollin, Marc Caussidière et
Louis Blanc sont appelés à s'asseoir sur la sel-
lette ; c'est quand L.-A. Blanqui est traité de
morceau de Catilina par ce petit foutriquet de
Thiers ; bref, c'est à l'instant où les habiles de
la rue de Poitiers cherchent à changer la République en mouche étourdie afin de la prendre
plus aisément dans leur toile d'araignée ; c'est
dans ces circonstances sinistres que le président de la Constituante, cette réduction de
Barras, fait le joli cœur, ouvre ses salons dorés,
travaille à former des quadrilles et dit aux
hommes de Février : « — Citoyens, allons,
entrez en danse ! » Non décidément, il y a là

dedans trop de cynisme aristocratique ; j'y vois
trop d'impudence de la part d'un démocrate qui
a retourné sa carmagnole. Ah ! je prévois bien
ce que tu vas me répondre ! Paris n'est pas
Sparte ! Paris est une ville de luxe ! L'industrie
souffre ! Les bras qui, d'ordinaire, vivent de
l'exercice du plaisir sont inoccupés ! Le capital
se cache ! Il faut faire marcher les cochers de
fiacre, mettre le peigne à la main des merlans,
donner du mouvement à ceux qui fabriquent
les glaces à la framboise ! Oui, la République a
le devoir de se montrer aimable. Et patati et
patata, et les petites filles demandent à montrer
leurs museaux pour avoir à se marier. Argu-
ments monarchiques que tout cela, mon cher.
Nous autres de la *Réforme*, nous demandons,
au contraire, qu'on fasse de Paris l'état-major
de la canaille. La grande canaille de 92, la
canaille de 1830, chantée dans les *Iambes* d'Auguste Barbier. Oui, mais si nos goûts l'empor-
taient, il ne pourrait faire ni belle figure, ni belle
jambe, ton adorable marquis. Et puis, pour qui
me prend-il, moi, personnellement, Armand
Marrast ? Pour un danseur, pour un homme
qui s'entend à faire la queue du chat ? Ah ! par

exemple, ce serait bien la peine d'avoir pâli pendant un quart de siècle sur les historiens, sur les philosophes et sur les utopistes ! Attends ! attends ! Sa lettre d'invitation, tiens, la voilà toute fripée ! *(Et, en parlant ainsi, il la frottait dans ses mains.)* Eh bien ! je vais la lui renvoyer par la poste telle quelle. Pas un mot d'explication, pas une virgule. En la revoyant, peut-être comprendra-t-il, alors !

Et sans me laisser le loisir d'essayer même une réplique, il remit le malencontreux papier dans sa poche, puis il tourna les talons en s'enfuyant, sans me donner une poignée de main, ce qu'il avait l'habitude de faire très cordialement.

Pauvre Ribeyrolles ! Un très bon cœur, un journaliste de talent, mais, quand le vent soufflait de travers, un exalté, presque un fou. A ces heures-là, il était en proie à une fièvre qu'aucun raisonnement n'aurait été de force à calmer. Au reste, dès ce jour-là, il allait au-devant du martyre comme tant d'autres du même parti. Par suite du 13 juin 1849 (l'affaire du Conservatoire des Arts et Métiers), il avait passé la frontière pour éviter de comparaître

devant la Haute Cour de Versailles. On l'avait
vu alors aller de Londres à Jersey, de Jersey à
Guernesey, mangeant tout le temps de la vache
enragée. Je ne sais plus qui l'emmena, un jour,
au Brésil. La terre des citrons doux et des
diamants, le Brésil. Il s'était installé à Rio-de-
Janeiro, y avait publié un journal illustré et,
finalement, lui, si gueux, il y avait fait fortune. Ribeyrolles riche, quel étonnant coup de
baguette de la part de la destinée ! Mais au
moment où, pour profiter de l'amnistie de 1860,
il s'apprêtait à revenir en France, il avait été
pris sur le navire même de la fièvre jaune ; le
pauvre garçon est mort, une heure avant le
départ.

IV

Si ce réfractaire avait cru de son devoir de protester contre l'invitation d'Armand Marrast, il n'en devait pas être de même pour un grand nombre d'autres hommes touchant à la presse. Le long des salons où l'on dansait, il nous a été facile de rencontrer plus d'une personnalité littéraire. Etienne Arago pouvait, après tout, représenter *la Réforme*, dont il était, la veille encore, l'un des collaborateurs assidus, le lundiste, comme on disait alors. Paul de Musset se tenait au milieu des groupes. Pas fort loin de lui on apercevait Amédée Achard, en cos-

tume de garde national. On pouvait y coudoyer
aussi Émile Forgues (Old Nick) un des critiques
en vogue. Auteur et éditeur de livres humoris-
tiques fort goûtés, J. Hetzel, alors secrétaire
général des affaires étrangères, comptait aussi
parmi les invités. Le bureau de la Chambre
avait envoyé les quatre rédacteurs de ses
procès-verbaux, dont trois étaient des litté-
rateurs en vue. J'ai nommé M. Maurel-Dupeyré,
l'auteur de *Paris bloqué*, un épisode de la vie
d'Henri IV, fort joli lever de rideau, qu'on a
joué souvent au Vaudeville; Alfred Pourchel,
un ancien collaborateur du *Bons Sens*, lequel a
donné aussi de petites pièces à l'Odéon, et
Charles Rouvenat, plus connu sous le nom de
Charles de La Rounat, l'un des auteurs du
Tigre du Bengale, une pochade du Palais-
Royal. Le même devait être, plus tard, à deux
reprises, directeur de l'Odéon. Entre paren-
thèses, il est à remarquer qu'il y a toujours eu
de tout temps une secrète affinité entre le
théâtre et le Palais-Bourbon.

Un homme encore fort jeune, ganté de blanc,
le lorgnon en sautoir, la tête fine, mais un peu
embrouillée de mélancolie, se promenait seul,

d'un air rêveur, en coudoyant tour à tour tous
les groupes. Que pouvait être cet Obermann,
non des vallées, mais des salons? Quelque chose
comme un demi-mondain, peut-être ; mais à
coup sûr il devait y avoir en lui un délicat
très difficile à contenter. Ceux qui ont vécu en
ces temps bizarres peuvent se rappeler Albert
Aubert, un des favoris du rédacteur en chef du
National. Sorti de l'École normale, où il avait
fait de solides études, il avait reculé de bonne
heure devant l'idée d'exercer le professorat au
fond de quelque province éloignée. C'était donc
pour ce motif qu'en quittant la maison sise
rue d'Ulm et non par vocation pour les
lettres, il s'était jeté dans le journalisme. Un
jour, on l'avait vu en humble solliciteur venir
aux bureaux de la rue Le Peletier. Il y apportait
une parodie assez piquante du *Juif Errant*
d'Eugène Sue. Se rappelle-t-on cet interminable
roman, nuageux et socialiste, qui paraissait
alors dans le *Constitutionnel*, sous le patro-
nage du docteur Louis Véron, le Mécène des
danseuses ? Fond et forme, les idées, assurément saugrenues, et le style heurté, dégin-
gandé, aucunement correct, rien de tout cela

ne pouvait plaire aux républicains de la vieille école. Une critique à l'emporte-pièce d'une telle œuvre fut donc bien accueillie. Autrefois, sur la fin de la Restauration, à l'époque de ses débuts, Armand Marrast avait usé de ces mêmes procédés d'analyse, je veux dire de la parodie, à l'encontre des leçons que Victor Cousin faisait en Sorbonne. Il était donc aux anges en voyant entrer un oiseau qui était à peu près du même plumage que lui.

— Mon jeune monsieur, dit-il au nouveau venu, tout notre feuilleton est à vous. Prenez-y la place qu'il vous plaira.

Ainsi Albert Aubert faisait une entrée en scène assez brillante. Quelques austères de la maison, tels que Dornès, par exemple, trouvaient bien que la nouvelle recrue était un écrivain un peu bien frivole. « *Le National* avait-il besoin d'un clown ? » disait-il, mais on le laissait dire. Albert Aubert écrivait, écrivait, écrivait. Il faisait de tout, la critique théâtrale, la nouvelle, la fantaisie, et le rédacteur en chef de s'écrier en s'adressant un peu à tout le monde : « N'est-ce pas que c'est charmant ? Eh bien ! c'est moi qui l'ai inventé. » Au bout d'un an, le débutant était allé d'une enjambée au volume, chose peu commune à cette époque, et la librairie d'alors s'était empressée de recueillir ses premières œuvres sous la forme d'un élégant in-18.

Si cet enfant gâté du succès ou de l'engouement eût persisté, point de doute qu'il n'eût fini par occuper l'un des premiers rangs parmi les polygraphes du jour ; mais cet inconnu de la veille, qu'on traitait si vite en filleul des fées, n'avait pas, au fond, l'amour de l'écritoire. En désertant l'Université, dont les rigides allures lui faisaient peur, il n'avait pris l'art de jeter du noir sur le blanc que comme un pis-aller. En dépit des dragées et des pralines qu'on jetait de tous côtés à cet autre Vert-Vert, dès les premiers six mois, il voyait combien il y a de sujétion dans la vie littéraire. Le dégoût lui venait et aussi la lassitude.

— Comment ! disait-il à Léopold Duras, qui était chargé d'aménager les matières du feuilleton ; comment ! ça ne finit pas ? Il faut recommencer ses débuts, tous les matins ? — Ainsi cette profession, comparable à celle du cheval aveugle qui tourne sans cesse autour de la

meule de l'huilier, l'avait profondément écœuré
et il se promettait de la délaisser à la première
occasion pour en prendre une moins âpre. Sur
ces entrefaites, survint, comme à point nommé,
la révolution de Février ; Armand Marrast, l'un
des onze du Gouvernement provisoire, fut
nommé maire de Paris. En cette qualité, il avait
la haute main sur l'Hôtel de Ville. Il s'empressa
d'appeler Albert Aubert auprès de lui et lui
confia la charge de bibliothécaire-archiviste,
poste commode et qui, à vrai dire, n'était qu'une
sinécure. Tout autre que l'ex-normalien se fût
réjoui d'un si beau coup de dé, mais, encore une
fois, cet heureux quand même, tourmenté par
on ne sait quelle nostalgie, ne se trouvant décidément bien nulle part, aspirait sans cesse à
quelque chose d'inconnu. C'est pourquoi il sou-
haitait déjà de troquer son nouvel emploi pour
quelques autres fonctions, par exemple pour
celles d'attaché d'ambassade ; mais comme il
n'avait pas le diplôme de licencié en droit, ce
transbordement était à peu près impossible.

Tout étant mobile dans la société française,
cet ancien piocheur au jardin des racines grecques était peut-être l'homme le mieux fait sui-

vant l'esprit du siècle, puisqu'il avait l'âme sou-
verainement changeante. Le jour où tomba la
République, cette forme de gouvernement qu'il
avait contribué à édifier, il ne fit aucune difficulé
d'acclamer l'Empire et il conserva ainsi sa place
d'archiviste, mais pour s'occuper en même temps
d'un cercle de jouisseurs, où les beaux fils du
jour trouveraient à jouer sans contrôle. Mener
la vie nonchalante de l'homme de loisir, il y a
lieu de croire que c'était là sa vraie vocation.
Quoi qu'il en soit, ce fut en ce moment que la
mort frappa tout à coup chez lui et l'emporta je
ne sais où. Évidemment cet humoriste n'a eu
ni le temps ni le moyen de donner toute la mesure de son talent. Il n'a pu laisser la trace ni
les œuvres d'un écrivain d'élite, mais on peut
s'avancer jusqu'à dire qu'il y avait en lui un
conteur plein de charme et probablement un
Sterne français. Esquisses satiriques, nouvelles,
proverbes, le peu de prose qu'il a laissé suffit à
faire voir qu'il avait un style original et un
esprit des plus vifs. On a surtout fêté un très
petit roman de lui, intitulé : *Monsieur Boudin.*
Les gourmets vantaient aussi les *Noces du seigneur Pandolphe,* assez jolie comédie, mais où

il y a une forte dose de mignardise et qui a, en
outre, le tort d'être un pastiche des allures théâ-
trales d'Alfred de Musset. En tout cas, on peut
regarder Albert Aubert comme le précurseur de
ces dix ou douze nourrissons de l'Université,
qui, à très peu de temps de là, après le 2 Décembre, ayant jeté la robe de professeur aux
orties, se sont précipités dans la presse, un peu
peut-être pour profiter de ce qu'elle avait besoin
de modérer son ton, mais aussi, sachons le
reconnaître, pour l'empêcher de s'avilir dans
l'argot en lui rappelant les règles salutaires de
la vieille langue nationale. Cet improvisateur de
jolis riens serait donc à MM. Prévost-Paradol,
H. Taine, Edmond About, J.-J. Weiss, Fran-
cisque Sarcey, Alfred Assolant, A. Grenier,
Ernest Dottain et autres normaliens ce que
Christophe Colomb a été à Fernand Cortez.

Revenons au bal de la Présidence et parlons
des gens du monde qui avaient daigné y venir.

Stendhal l'a dit : « La curiosité est le vice ou la
qualité des Parisiens, comme on voudra. » Après
avoir réussi à se faire introduire au palais à
l'aide de cartes d'emprunt, mais pour avoir
occasion de tourner en ridicule le marquis de la

République chez lui-même, cinq ou six jeunes beaux du Jockey-Club, les ancêtres des gommeux de nos jours, paradaient avec complaisance à travers les salons. En deux ou trois endroits, on les voyait exhiber leurs faces glabres, pleines d'arrogance et de bêtise. En affectant de grands airs, l'un d'eux disait tout haut : « Jolie musique, mais ça manque de femmes. » Et, en proférant ces paroles, qu'il cherchait à rendre piquantes, le charmant monsieur, un vicomte, s'efforçait d'exécuter une sortie insolente, mouvement bientôt imité par ses pareils. Au fond, ce qu'il venait de dire était hors de doute. Dans cette fête improvisée, les hommes étaient en majorité, et même, à tout prendre, on ne devait trouver, ce soir-là, chez le président de la Constituante, que des personnages politiques. Aurait-il pu en être autrement dans les circonstances si graves où l'on était ? Pourtant, il ne serait pas permis de dire non plus que ce bal n'eût été qu'une cohue d'habits noirs. J'ai parlé de madame Armand Marrast dont toute la personne respirait un charme poétique. J'ai dit que lord Normanby n'avait pas craint d'amener avec lui l'altière marquise qui portait

11.

son nom. Le général Lamoricière aussi se promenait au milieu des groupes avec sa femme
au bras. Détail à ne pas omettre, M. Dupin,
aîné, l'ancien occupant des mêmes lieux, s'y
faisait voir avec madame Dupin, en grande toilette, à droite, et il avait, à gauche, son inévitable frère, le baron Charles Dupin. Faut-il
ajouter qu'on lorgnait ce trio sans trop d'étonnement? Habitués à faire la courbette devant
tous les pouvoirs, ces vieux courtisans ne pouvaient manquer de s'incliner devant un des
vainqueurs du jour. Et pourquoi n'en pas faire
la remarque? cette visite de la part du madré
paysan de la Nièvre et des siens n'était sans
doute pas exempte de convoitise, car, connaissant bien l'instabilité des choses parlementaires,
tout en s'arrêtant près des buffets, il semblait
dire aux êtres de la maison : « Attendez-vous à
me voir, sous peu, revenir par ici. » Et, en effet,
restauré par la Législative, il y est revenu pour
quatre ans de suite.

Mais qu'on me laisse noter encore quelques-
unes des personnalités féminines qui n'avaient
pas craint de figurer dans ce bal. Il faut nommer d'abord mademoiselle Odier, celle qui, pro-

chainement, devait devenir la femme dévouée
et stoïque du général Eugène Cavaignac. A quelques pas d'elle, on remarquait une jeune et belle
personne, fort enjouée, mais que le malheur des
temps ne devait pas tarder à attrister. J'ai
nommé la fille de Guinard, un patriote de 1830,
vous savez : ce chevaleresque commandant de
l'artillerie de la garde nationale, le même qui,
à la suite de l'affaire du 13 juin 1849, devait
être condamné à la mort civile par la Haute-
Cour de Versailles. La colonie américaine des
États-Unis avait député aussi à cette soirée quinze
ou vingt jeunes têtes brunes et blondes des plus
jolies. C'étaient les descendantes de ces superbes
quakeresses de Boston et de Philadelphie qui
ont si fort émerveillé les compagnons de La
Fayette, au moment des guerres de l'Indépendance. Tous les yeux s'y fixaient aussi sur une
ravissante jeune fille, qui était au bras de
M. Hortensius de Saint-Albin, son frère, alors
conseiller à la Cour d'appel et représentant de
la Sarthe. De haute taille, brune, blanche, avec
un corsage de guêpe, cette belle personne devint, dans la suite, madame Achille Jubinal.
Très peu de temps avant, au milieu d'une soirée,

Lamartine, assis à une table de jeu, s'étant emparé d'un sept de trèfle, avait improvisé sur elle, au crayon, le quatrain suivant qui n'est pas moins beau qu'un des distiques de l'Anthologie grecque :

Je n'ai fait qu'entrevoir, un moment, ton visage ;
Mon œil, depuis ce temps, reste ébloui de toi.
Je plains le flot limpide où se peint ton image :
Il la perd en fuyant, je l'emporte avec moi.

Il me semble l'avoir déjà dit, en ce temps-là, politique à part, la garde mobile était la coqueluche de Paris, mais en exceptant les faubourgs. La grande ville venait d'être témoin de vingt actes d'héroïsme à porter au compte de la jeune milice. Au milieu de mars 1848, un des vétérans de l'armée d'Afrique, le général Brutus Duvivier, l'un de ceux qui devaient être tués en Juin, avait ramassé à travers les rues ces enfants en guenilles. Avec autant de patience que de savoir, il les avait décrassés, habillés, nourris, disciplinés et, en fin de compte, transformés en soldats. Oui, sans exagération, en moins de quatre mois, ces fils du pauvre, presque tous allaités par la fainéantise ou par la misère, ont pu, sous le coup d'une rapide instruction, comprendre, gagner et pratiquer les plus hautes vertus militaires. Il est juste de reconnaître que le général a eu alors l'heureuse chance de mettre la main sur les plus vaillants coopérateurs. Rien ne serait plus facile que de citer ici les noms des officiers d'élite qui lui ont prêté leur concours, mais je n'ai à parler de la garde mobile que d'une manière épisodique. Disons pourtant qu'au nombre des recrues sur lesquelles le chevaleresque organisateur a eu à s'appuyer, il s'est présenté, à la première heure, des enrôlés volontaires, qui l'ont puissamment aidé dans sa tâche. En première ligne, se voyait M. Gaschon de Molènes, fils d'un magistrat, déjà connu lui-même par des essais littéraires qui annonçaient un bel avenir. Dans les mêmes rangs, se trouvait Ponson du Terrail, arrivé, la surveille, du Midi, tout joyeux de manger à la gamelle. Pourquoi ne pas dire qu'il en était de même de M. Charles Floquet, jeune avocat, puis ministre de l'Intérieur et président du Conseil? J'en passe, et des meilleurs, comme dit don Ruy Gomez, dans *Hernani*.

Avant tout, ce qu'il faut répéter pour la leçon

des générations nouvelles, c'est que ces soldats improvisés, si valeureux, étaient en très grande partie des déclassés, des déshérités de ces rues de Paris qu'ils ont si héroïquement défendues. Le colonel Charras, très bon connaisseur en ces sortes de choses, avait les larmes aux yeux quand il parlait des prodiges qu'ils accomplirent pendant les Journées de Juin. « Ces enfants ont sauvé la République, disait-il, et l'on ne peut pas leur reprocher d'avoir déshonoré la victoire par un seul excès. » Ce mot, si vrai, n'a pas empêché les intransigeants d'alors de donner aux gardes mobiles le surnom de *bouchers de Cavaignac*; mais ce mot porte sur une accusation tellement injuste que l'histoire n'a pas voulu le ratifier.

Dès que la déplorable insurrection eut pris fin, le chef du pouvoir exécutif, en cela d'accord avec la population de Paris, fit, dans une proclamation, l'éloge de la jeune milice. De son côté, l'Assemblée nationale appuya ce fait par le vote d'un décret. Enfin le général Lamoricière voulut mettre quatre croix de la Légion d'honneur à la disposition de ceux qui s'étaient le plus distingués pendant l'action. Pour marcher de pair avec ce mouvement de gratitude, Armand Marrast fit en sorte que la jeune garde fût représentée à sa fête. Il avait pareillement invité une députation de la garde marine, alors casernée au Palais-Royal.

Rappelons qu'après le dîner, le Président, accompagné de sa jeune femme, allait à la rencontre de tous ceux qui se présentaient dans les salons. Les convives s'éparpillaient, dès lors, le long du palais, à leur gré. En moins d'un quart d'heure, les trois grandes pièces furent encombrées.

— Et vous verrez, disait Albert Aubert, qu'il se trouvera, demain matin, des journaux bien pensants, pour dire que le désert s'est fait autour du président de la Constituante.

Le désert ! J'étais là. J'ai vu ce qui s'y passait. Il y avait un amoncellement d'amis, d'adhérents, de thuriféraires. Sans mentir, le contenu paraissait être plus considérable que le contenant. — Ombre des Condés, qu'avez-vous dû penser, en voyant vos augustes lambris frottés par tant de têtes démocratiques et sociales ?

Il est aisé de comprendre que trois mille

invités des deux sexes, venant de tous les hori-
zons, aient dû produire un pêle-mêle qu'on
n'était guère habitué à voir en de tels endroits.
Ce parquet était nécessairement diapré de costumes de tous les styles et de toutes les couleurs. S'il y avait d'austères habits noirs, dont
la boutonnière se flattait d'être vierge de tout
hochet de la vanité, les rubans honorifiques
abondaient aussi. Que de croix j'ai vues là !
Que de crachats d'or et d'argent ! Que d'animaux héraldiques sculptés dans les métaux
précieux et dans l'ivoire ! Ah ! c'est là un trait
caractéristique des sociétés européennes. Une
révolution politique, furieuse et comparable à
l'éruption d'un volcan, agite tout à coup une
zone du continent. Les trônes sont fracassés.
Deux ou trois familles, éperdues, fuient afin de
se cacher dans l'ombre. Dix ou douze milliards
d'intérêts sont compromis ou même perdus au
milieu de cet orage. Eh bien, peu importe ! Les
rubans de toutes les couleurs subsistent. Ils
continuent de s'étaler avec un orgueil naïf sur
la poitrine des vaniteux, des coquins, des imbé-
ciles et aussi, avouons-le, sur le cœur des gens
de mérite. C'était déjà comme ça en 1848. Ça

été de même en 1870. Ça ne changera pas de
si tôt. Si l'on en excepte une centaine de
stoïciens au front sévère, et quelques groupes
d'inconnus, tous les invités d'Armand Marrast
étaient décorés, et celui qui les recevait ne
l'était pas !

Vers onze heures et demie, on suspendit la
danse pour le concert. Cette partie du programme avait pour théâtre le Salon carré tout
resplendissant de glaces, de trumeaux et de
guirlandes de verdure. Puisque l'amphitryon
était un dilettante, la musique ne pouvait être
que de premier choix. On avait à entendre des
fragments de Rossini, de Sacchini, de Bellini,
d'Auber et de Félicien David, l'Orphée des
Saint-Simoniens. Un ténor tout neuf, Poultier,
l'ouvrier tonnelier de Rouen, que l'Opéra avait
bien voulu prêter, accompagné d'Alizard, chantait en compagnie de mesdames Desmoreau-
Cinti et Grimm. Naturellement ces artistes
étaient secondés par des choristes et par bon
nombre des meilleurs instrumentistes de l'Académie nationale de musique. Mais quelle chaleur ! En dépit des brises d'une nuit étoilée, on
cuisait dans cette résidence des bords de la

Seine comme si l'on eût été en pleine Séné-
gambie. Et, néanmoins, le concert fini, on se
remit à danser; mais, en guise de passe-temps,
les spectateurs assiégeaient les buffets où se
trouvaient avec une libérale profusion la glace,
les fruits et la neige. Un vénérable pasteur pro-
testant, M. Athanase Coquerel, revenait toutes
les dix minutes aux sirops rafraîchissants;
M. Fromenthal Halévy, l'illustre auteur de *la
Juive*, s'amusait à arrêter les sorbets au passage. Auguste Préault, le sculpteur, s'écriait :
« Tant pis, je fais à moi seul une orgie de
vin de groseille ! » Un académicien en grand
costume d'immortel déclamait le vers de Jean
Racine, extrait de *Phèdre* :

Que ne puis-je m'étendre à l'ombre des forêts!

Ils et elles dansaient toujours.

— Eh bien, qu'ils dansent ! aurait dit
Mazarin, s'il se fût trouvé là, et ce sera un
moyen d'empêcher le retour de la guerre
civile.

Au nombre de ceux qui se précipitaient avec
ardeur à travers les valses et les quadrilles, j'ai

pu voir et même féliciter deux hommes, deux représentants encore jeunes, le baron de Heckeren, du Haut-Rhin, et M. Bérard, de Lot-et-Garonne. Deux étudiants de la Closerie des Lilas n'auraient pas eu plus d'entrain. Mais, à la longue, pour se soustraire à l'envahissement de la chaleur, on se sauvait dans la salle de jeu.

Dès l'entrée, on pouvait y remarquer, causant familièrement sur des canapés, quatre membres de l'ancienne Chambre des pairs, le marquis Sauvaire Barthélemy en tête. Çà et là, des représentants du peuple, tous de la droite. Le plus curieux, c'était une table verte, sise à dix pas de ces messieurs. Devant cette table, un garde mobile, le jeune Martin, un des décorés, ayant en main un jeu de cartes, faisant une partie d'impériale avec un de ses camarades de la garde marine, aussi décoré. Suivant l'usage des corps de garde, l'apprenti loup de mer avait posé près du talon son chapeau en cuir fondu et, sur ce même chapeau, deux verres à pattes, remplis de punch. A toute minute, après quelques cartes lancées, les deux verres se vidaient et étaient renouvelés par les gens de service, au

grand ébahissement des anciens membres de
la Chambre, peu habitués à un tel spectacle.
A tout moment aussi, ces personnages consu-
laires se penchaient afin de mieux entendre le
dialogue assez coloré qui formait la conversa-
tion des deux joueurs :

— Atout ; c'est du trèfle.

— Allons, tais ton bec ; on en a.

— Impériale de roi, alors !

— Il n'y a plus de rois, animal, tu le sais bien.

— En ce cas, impériale de présidents, si tu
l'aimes mieux.

Encore une fois, les ducs, les comtes, les
marquis, servons-nous du mot usité à cette
époque, les *aristos* présents à cette scène ne
pouvaient s'empêcher de rire ; mais pour qui
savait bien voir, ils riaient jaune.

Puisque je viens de parler des mobiles, reve-
nons-y. Tous ceux qu'on avait introduits, ce
soir-là, au palais étaient l'objet de mille préve-
nances. Liberté absolue leur était laissée de
boire, de manger, de jouer tout à l'aise.
Enfants du faubourg, transplantés tout à coup
dans une réunion mondaine, au milieu des
personnalités les plus considérables du pays, ils

ne savaient pas toujours garder leur sang-froid. Deux ou trois, plus dépaysés que les autres, faisaient une mine sur laquelle se peignait leur embarras. Ils paraissaient dire en se regardant : « Est-ce comme ça qu'il faut se tenir ? » Cinq ou six belles dames, dont deux de la grosse finance, les entouraient avec un empressement dans lequel il y avait autant d'intérêt que de curiosité.

— Ah ! qu'ils sont gentils ! disaient-elles.

Et, en même temps, elles les entraînaient aux buffets.

Là, on les bourrait de friandises ; on redoublait d'agaceries ; c'était à qui leur servirait de la mousse de champagne avec des biscuits de Reims. Jadis madame Tallien et l'incomparable madame Récamier avaient usé des mêmes manèges envers les jeunes muscadins du 9 thermidor. On peut bien supposer que nos jeunes soldats étaient dans le ravissement. Mais tout à coup une voix qu'on a dit être celle d'un diplomate étranger ou celle d'un satiriste, on ne sait pas au juste, se mit à crier :

— Tiens ! en voilà un qui a la croix, mais il a aussi une puce !

En 1848, Henri Heine n'avait pas encore composé son admirable parallèle entre le tigre des jungles et la puce de Paris, chef-d'œuvre d'humour où il démontre péremptoirement que l'insecte est cent fois plus redoutable que le félin de l'Inde. Néanmoins, la puce inspirait déjà au monde élégant une salutaire terreur. On signalait la présence d'une puce ! C'en était assez pour provoquer un sauve-qui-peut général. En moins de trois secondes, toutes les femmes présentes s'échappèrent dans les salons voisins, la pâleur au front. Une puce ! cela ne pouvait se voir qu'en temps de démocratie.

Vérification faite, il fut reconnu que la puce des gardes mobiles était apocryphe. Celui qui avait pris sur lui de pousser ce cri d'alarme était quelque bel esprit qui avait voulu rire. Ainsi la chose était ce que de nos jours on appellerait une fumisterie. Craignez les plaisanteries plus que la peste. Tout le bénéfice politique de ce premier bal a pu être, un moment, emporté par cette déplorable puce, laquelle n'était pourtant qu'un être de fantaisie.

Dieu merci, il y a eu d'autres fantaisies pour clore cette soirée.

Voyez, s'il vous plaît, ce qui suit, une véritable idylle.

Ces temps agités ont fait sortir de terre aussi bien les monstres que les héros, car il y aura toujours dans les dessous souterrains de Paris des uns et des autres. Pendant trois jours, les hommes s'étaient entre-tués ; à cette heure, on ne demandait plus qu'à se traiter en frères. Savez-vous ce qui fut concerté entre deux valses ? Un complot de philanthropie qui allait jusqu'à la sainteté.

Sur un signe d'Armand Marrast, l'orchestre s'étant tu pour un instant, un des assistants, en costume d'officier supérieur de la garde nationale, s'était à coup levé de son banc pour faire une quête, mais une quête au bénéfice des victimes de la guerre civile : « Pour les veuves ! Pour les orphelins ! » disait-il. Et l'on savait que c'était pour les femmes et les enfants des insurgés, car, pour les autres, l'État s'en chargeait. Le citoyen généreux qui avait pris l'initiative de ce mouvement n'était autre que M. Thimothée Dehay, commandant d'un bataillon et directeur de *la Semaine*. Entouré de MM. Louis Perrée, directeur du *Siècle*, Degouzée, questeur, et de deux autres représentants du peuple, il avait ingénieusement transformé son shako en casque à la Bélisaire. Ainsi flanqué de ses assesseurs, il allait de groupe en groupe recueillir les offrandes. Tout le monde jetait un peu de monnaie blanche dans son étrange aumônière. Une jeune dame, qui n'avait pas de bourse sur elle, laissa tomber une bague en or et refusa de la reprendre. A la fin de la fête, on fit le compte. Le frère quêteur avait pu réunir une somme de dix-sept cent cinquante-cinq francs, très beau chiffre pour une époque de détresse et d'effroi. Rira-t-on de ce détail? Tant pis si ce trait naïf prêtait à rire à ceux d'aujourd'hui, mais j'ai cru ne devoir point passer le fait sous silence. Il est, en effet, très caractéristique des temps où il se produisit.

Cette première fête finit à une heure et demie du matin, c'est-à-dire à l'aube, et, de huit jours en huit jours, elle fut suivie de deux autres soirées en tout semblables. Paris ne tarda pas à s'en ressentir. Dès le milieu de septembre, les riches s'étaient rassurés et dix ou douze salons se rouvraient, un à un, même dans les faubourgs armoriés. Ainsi les violons de la

Présidence avaient donné le signal. Le luxe reparut et le commerce, alors hostile à la République, ne se plaignit plus qu'à demi. Il renaissait en même temps que le travail. Il y eut des ouvriers assez intelligents pour faire tout haut l'éloge du marquis.

Un dernier mot sur Armand Marrast.

On sait qu'après ces trois bals, l'ancien journaliste ne devait plus rester longtemps aux affaires. Par suite de la proposition Rateau, les jours de la Constituante étaient comptés. A trois mois de là, il présidait cette fameuse séance du 20 décembre 1848, où, en costume de jeune premier du Gymnase, le prince Louis-Napoléon Bonaparte prêtait serment de fidélité à la Constitution.

Or, à quatre autres mois, la Constituante s'étant dissoute pour faire place à la Législative, Armand Marrast, victime de l'ingratitude des démocraties, n'était plus réélu, même comme simple représentant du peuple. On le voyait alors se retirer dans la vie privée pour y méditer, lui cent millième, sur la mobilité des masses. Mais les quolibets de ses ennemis le

suivaient même jusque dans sa retraite. Bien
mieux, sur la fin de 1849, quand, à propos du
budget particulier de l'Assemblée nationale, il
fut question d'approuver les comptes du passé,
quelques membres de la droite, de ceux auxquels il avait ouvert ses salons, trouvaient
moyen de le taxer de prodigalité. Ils l'accusè-
rent donc d'avoir dilapidé les deniers publics
au profit de sa vanité, c'est-à-dire en jouant au
gentilhomme. On voit que la vieille épigramme
de Blanqui contre « le marquis de la République », ramassée par les vrais nobles, ne cessait pas de circuler. Il fallait qu'un parlemen-
taire chevronné s'inscrivît en faux contre cette
injustice, qui était aussi une faute politique.
Celui-là n'était autre que M. de Vatimesnil,
l'ancien ministre de Charles X. Chargé de faire
un rapport sur le budget de la Constituante, il
s'efforça de faire voir aux conservateurs, qu'a-
près tout, les fêtes données par l'ex-président
avaient grandement servi au rétablissement de
l'ordre et qu'en définitive elles n'avaient ruiné
que leur auteur.

— Messieurs, ne l'oublions pas, ajoutait le
vénérable orateur avec une légère pointe d'iro-

nie, en faisant refleurir le commerce des bouquets de bal, le lendemain de la guerre civile, M. Armand Marrast a bien mérité de la société parisienne.

Sur ces paroles d'un de ses doyens, la Législative applaudit aussi en souriant. Il y eut donc une majorité pour voter le bill d'indemnité qu'on venait de demander, mais l'ancien Président des Neuf-Cents, méconnu et délaissé, était, dès ce moment, frappé au vif du cœur. Il ne devait survivre que peu de temps à cette disgrâce imméritée. On sait qu'Armand Marrast est mort dans les premiers jours de décembre 1851, presque à la même heure que la République et, comme presque tous les fondateurs de la République, il n'a pas laissé de quoi se faire enterrer.

VII

P.-J. PROUDHON

ET

L'ÉCUYÈRE DE L'HIPPODROME

Avant que je présente au public Celui qui, le premier, a tenté d'implanter chez nous l'*Anarchie*, on me permettra de faire précéder ce récit d'un préambule. Remontons, s'il vous plaît, aux premiers jours d'avril 1892. En ce temps-là, notre ville de Sybarites, si fière de sa civilisation, s'endormait doucement au milieu des fêtes. Le faubourg Saint-Germain allait, à Notre-Dame, entendre les sermons d'un carme déchaussé ayant une voix de petite flûte; le

12.

faubourg Saint-Honoré se pressait, le soir, à la Madeleine, près de la chaire d'un dominicain, fameux pour avoir écrit un joli roman sur le Christ. Il y en avait qui s'amusaient à la *Statue du Commandeur*, cette pantomime où se montrait une si jolie danseuse dans le goût espagnol. Beaucoup soupaient au Continental avec des fraises au champagne. Comme toujours la foule riait à se tordre. Un austère ou un esprit chagrin, qui sait ? c'est peut-être le Sâr Péladan, se mit à dire, en sourdine : « Les voilà bien occupés à ne se faire que du sang rose. Attendez un peu et vous allez voir combien la salle du festin va changer de figure ! La main invisible écrira sur les murs les trois mots fatals. » Elle est venue, en effet, la main invisible ; seulement elle n'a pas écrit ; non, elle a fait plus fort que ça ; elle a agi ; elle a brûlé par trois fois des cartouches de dynamite et fait sauter deux hôtels.

Entre nous, si l'explosion se fût contentée de tuer trois ou quatre personnes, on aurait un peu gémi au premier moment, mais au bout de vingt-quatre heures, l'enterrement des victimes effectué, nous eussions vite oublié. L'affaire passait donc comme une lettre à la poste. Mais des maisons ! Mais des immeubles renversés, abolis, désertés ! Paris n'admet pas ces fantaisies-là, puisque, suivant nos codes, la propriété est à bon droit une chose sacrée. Il en résulte que dans son immense étendue, la capitale est sous le coup d'un profond ahurissement. Tous les yeux se portent avec une indignation bien légitime sur le Dépôt de la Conciergerie, où l'honorable M. Atthalin, juge d'instruction, sue sang et eau pour interroger l'indigne gredin à qui l'on doit ces méfaits.

D'un bout à l'autre de la cité, on n'entendait plus que le nom de Ravachol.

Ça, permettez-moi de le dire en passant, c'est un des travers de notre grand pays. Paris a toujours pris plaisir à entourer d'une auréole de célébrité la tête des pires scélérats. Au siècle dernier même, c'était ce qui faisait faire le plus de bile noire à Voltaire. On venait de rouer un coquin en place de Grève, et pendant huit jours on ne parlait pas d'autre chose, surtout chez les grandes dames. — « Ils n'ont que le nom de ce roué à la bouche ! » s'écriait avec indignation l'auteur de *Candide*. — « Surtout, disait madame Denis à ceux qui venaient faire visite au grand poète, surtout ne lui parlez pas du roué. » Je crois bien que, si Victor Hugo eût existé encore, il n'aurait pas fallu non plus prononcer devant lui le nom de Ravachol.

Mais, en même temps que le nom de l'assassin résonnait partout, on en faisait entendre un autre. L'An-archie était un mot semé à profusion un peu partout. Il était imprimé et lu couramment dans tous les journaux. Encore un peu et porté ainsi par les ailes de la presse aux quatre points de la rose des vents, on allait l'épeler jusque dans le plus petit de nos villages. C'était bien, hélas ! la *propagande par le fait* telle que l'a prêchée le slave Bakounine. Mais à cette heure encore, en prononçant ce mot d'an-archie savent-ils bien ce qu'il veut dire ? Il est certain que ce cri n'aurait qu'un sens vague et sans précision, même pour les Parisiens qui se piquent de littérature. Au point de vue grammatical, la réunion de ces deux racines grecques forme un vocable français qui signifie : *sans gouvernement*, c'est-à-dire sans pouvoir et sans lois. Jusqu'à ce jour, les historiens et les moralistes n'ont jamais pris ce mot qu'en mauvaise part, et ce n'est qu'à dater de la Révolution de 1848 qu'on a cherché à en faire l'étiquette d'une théorie politique acceptable.

J'ai beaucoup connu celui qui, le premier, a eu l'audace de faire de ce mot une enseigne pour la boutique de ses théories. Encore jeune en ce temps-là, j'ai été même du nombre de ceux qui l'ont fait venir de province à Paris. J'ai nommé P.-J. Proudhon, l'auteur des *Contradictions économiques.* Ah! P.-J. Proudhon, ce fils d'un tonnelier de Besançon, a été, sans contredit, il y a quarante-cinq ans, une des personnalités les plus marquantes de cette orageuse époque! Quoique les hommes qui étaient jeunes au moment du 24 février aient disparu pour la plupart, on se rappelle cette tête d'utopiste que le masque de l'acteur Delannoy et le crayon de Cham avaient rendu populaire. On n'a pas oublié ses articles de journaux, les plus brillants qui aient paru dans la presse française depuis la mort d'Armand Carrel. On lisait ses livres, très téméraires sans doute, mais qui étaient pourvus d'une moelle si nourrissante. On cherchait partout à connaître l'homme privé dont la caricature, le théâtre et les objurgations de la presse monarchique avaient si bien altéré les traits. Mais précisément, en lutteur qui s'attendait à rebondir sur l'obstacle, ce P.-J. Proudhon, plus il était attaqué, plus on le raillait, plus le rusé socialiste se frottait les mains d'aise. En empruntant à Jules Janin l'une de ses sorties, il s'écriait :

— O mes chers ennemis, quel bien vous me faites !

En 1849, le Vaudeville résidait encore sur la place de la Bourse. Rendez-vous ordinaire des hommes d'argent, ce théâtre, hostile à la République, s'était déjà signalé en jouant la *Foire aux Idées*, c'est-à-dire toute une série de pièces réactionnaires. Deux auteurs d'alors, Clairville et Jules Cordier (Éléonore de Vaulabelle), voyant d'où venait le vent, imaginèrent de mettre P.-J. Proudhon en scène. A cet effet, ils composèrent une pièce aristophanesque dont le titre était emprunté à celle des propositions du socialiste qui faisait le plus frémir la bourgeoisie. *La Propriété, c'est le vol*, cinq actes, dix tableaux, avec couplets. La scène se passait au commencement du monde, dans le paradis terrestre. On y admirait beaucoup madame Octave. C'était une jeune et très belle actrice, fort blanche et faite au tour. Recouverte seulement d'un voile de gaze excessivement léger, elle apparaissait, toute nue, dans le rôle d'Ève. A côté d'elle, au pied de l'arbre de la science du bien et du mal, arrivait P.-J. Proudhon en personne, sous cette rubrique : *le Serpent à lunettes*. (Notre Franc-Comtois, j'ai oublié de vous le dire, portait des bésicles.) Il va sans dire que le comédien chargé de le représenter s'était fait fabriquer un masque qui était d'une ressemblance parfaite avec son visage.

Ce seul détail, vous le comprenez, aurait suffi pour déterminer le succès, mais la loi de septembre était formelle : on ne pouvait mettre un contemporain sur les planches sans son autorisation préalable. Les deux auteurs, pour éviter un procès ou une polémique, firent une démarche auprès de celui sur lequel ils allaient, pendant cent soirées de suite, attirer et déchaîner les moqueries de la foule. En homme d'esprit qu'il était, P.-J. Proudhon prit une plume et une feuille de papier ; il signa qu'il consentait au travestissement. — Entre nous, n'est-ce pas plus fort que Socrate assistant sans se plaindre à la représentation des *Nuées ?*

A la bonne heure, mais les amis du rédacteur en chef de *la Voix du Peuple*, et j'en étais, en y mettant un peu de sang-froid, lisaient claire-ment dans son jeu et comprenaient bien, qu'au fond et en réalité, s'il permettait aux *aristos* de la place de la Bourse de le vilipender, ce serait un bon point aux yeux des frères et amis de Montmartre et du Gros-Caillou. Ce fut, en effet, ce qui ne manqua pas d'arriver. Son journal se vendait, dès lors, à cent cinquante mille exem-plaires. On peut dire que sa popularité avait décuplé d'intensité.

— Eh ! me disait Eugène Pelletan, qui ne l'aimait pas, ce grand penseur est malin comme un singe !

Eugène Pelletan était justement l'ichneumon de ce crocodile. Étant rédacteur principal de *la Presse*, après Émile de Girardin, il suivait des yeux avec vigilance le mouvement des choses et des hommes ; c'est dire qu'il ne perdait pas P.-J. Proudhon de vue ; c'est dire qu'il le harcelait sans cesse. Vous avez peut-être entendu parler du projet de liquidation sociale présenté à la Constituante et si spirituellement combattu par M. Thiers. En prenant en bloc la fortune de la France, l'audacieux socialiste concluait en disant que chacun des trente-six millions d'habitants aurait droit à soixante-quinze francs soixante-quinze centimes, au cas même où la liquidation eût été faisable Ah ! ce fut un long cri de surprise et de pitié ! Sur neuf cents membres dont se composait l'Assemblée nationale, il ne s'en rencontra qu'un pour applaudir à cette insanité, et celui-là c'était un pauvre canut de Lyon, le citoyen Greppo, qui ne passait pas pour un aigle et certes n'en était pas un. Eugène Pelletan, assis à côté de moi, à la tribune des journalistes, me disait, après le vote :

— Voyez-vous la belle poussée ! A chacun de nous soixante-quinze francs soixante-quinze centimes ! Nous ne serions qu'un peuple de Jobs et nous nous entr'égorgerions tous sur notre fumier !

Une autre fois, afin de contrecarrer le capital, P.-J. Proudhon imagina de supprimer la monnaie de métal et celle de papier. Il faisait

13

donc la Banque d'échange, c'est-à-dire qu'on en
serait réduit à commercer à Paris comme on le
fait chez les sauvages des îles de la Sonde. Il y
eut un commencement d'exécution, mais, au
bout de trois semaines, la Banque d'échange,
reconnaissant que l'or, l'argent, le bronze et le
billet de papier-Joseph sont encore les seuls
moyens de transaction possible, se hâta de se
dissoudre, toutefois avec un fort déficit.

— Encore une défaite pour ce beau génie,
disait ironiquement Eugène Pelletan.

Il ajoutait, en méditant déjà l'étude qu'il
devait publier plus tard dans la *Revue des
Deux Mondes* :

— Ce sycophante ! Je lui arracherai son
masque et même avec un peu de la peau des
joues !

Cependant ni le crayon satirique de Cham,
ni la parade du Vaudeville, fort applaudie par
le public en gants blancs, ni les menaces d'Eugène Pelletan, ni la dialectique de M. Thiers
appuyée par l'adhésion de la Constituante tout
entière, moins un pauvre ouvrier sans lettres,
n'avaient encore décidé P.-J. Proudhon à renon-

cer à l'An-archie. Entêté comme tous ceux
qui sont nés sur le même terroir que lui, le
Franc-Comtois tenait à cette conception de son
esprit.

Il y revenait sans cesse, surtout en paroles,
en vidant des chopes avec trois ou quatre de
ses disciples, car il avait fait école.

— Il construisait donc, en se jouant, une
société nouvelle.

» — Pas de pouvoir héréditaire ni élu, disait-
il. Comment un homme, imparfait comme tous
ses semblables, ose-t-il s'arroger le droit d'im-
poser sa volonté à d'autres hommes ? — Pas
de hiérarchie. N'avons-nous pas tous été formés
de la même argile ? Le commandement est une
chose impie. — Où donc voyez-vous qu'on doive
s'incliner, même devant son père ? — Pas de
force militaire, cela va sans dire. Est-ce que,
pour nous mettre d'accord, le sentiment de la
justice ne suffit pas et, en cela, aurons-nous
donc toujours, grands enfants que nous sommes, besoin de gendarmes ? — Pas de trésorier, non plus.

» Citoyens, l'argent de tout le monde est à
tout le monde. Et, au surplus, l'argent est une

fiction, une manière de contre-marque à l'aide
de laquelle on symbolise la richesse publique.
Est-ce que, dans une société fraternelle, on ne
rougirait pas, désormais, de se servir d'un
signe représentatif si grossier? — Pas de no-
taire, puisqu'il n'y a pas de propriété indivi-
duelle et, conséquemment, pas d'héritage, pas
d'apports dotaux, pas de ventes. Le testament
sera maintenu, mais seulement pour la trans-
mission des termes d'amitié, des idées et des
sentiments. — Pas de religion, vous l'avez
compris. Qu'est-ce qu'une religion? Un ramas
de fables ou une philosophie en action. N'est-ce
pas un sacrilège que d'admettre un prêtre
comme un intermédiaire entre toi et Dieu, s'il
est vrai que Dieu existe? — Dieu, c'est le mal :
quoi de plus évident? Une religion, pour les
gouvernements, ce n'a jamais été qu'un arti-
fice politique, c'est-à-dire un moyen de police.
Il n'en faut plus. — Point de magistrature,
dans le sens qu'on donne aujourd'hui à ce
mot-là. Un magistrat est pour l'homme civilisé
ce que le loup des bois est pour le mouton. —
Non, non, la liberté absolue, le plein air pour
le fils d'Adam, l'homme prenant enfin posses-

sion de son domaine terrestre, en toute liberté et sans contrôle. »

De telles idées répétées par l'écho de la presse conservatrice ne pouvaient que causer un certain étonnement, d'abord ; ensuite faire naître un vif frisson d'épouvante. Ce peuple de Paris, toujours si ennemi de lui-même, ce grand peuple qui se plaît à casser sans cesse les pots pour se donner ensuite l'amer plaisir de les payer, ce peuple qui a fait coup sur coup l'échauffourée du 15 mai, les sanglants massacres des journées de Juin, la ridicule folie des Arts-et-Métiers, ce même peuple, si inflammable, pouvait prendre ces divers sophismes au sérieux et, en un coup de tête, il accumulerait ainsi ruines sur ruines. Les têtes saines d'alors le redoutaient et c'était, en effet, à craindre. Mais, par bonheur, le vent n'a pas encore, cette fois, tourné tout à fait de ce côté. Les railleurs ayant redoublé d'énergie, on s'est entendu pour blaguer un peu plus le novateur, et l'idée bizarre de l'An-archie s'en est allée toute seule. J'étais là. J'ai tout vu et tout noté sur mes carnets. Il n'y a eu alors que le seul Eugène Pelletan pour ne pas voir du premier coup que ce qu'il y avait de mieux à faire, la seule chose à faire, c'était de traiter ce prétendu corps de doctrines comme un conte bleu.

Dieu merci, la France est la terre natale du bon sens ; c'est ce que nous dit toute une lignée de grands penseurs : Michel Montaigne, La Fontaine, Molière, Montesquieu, Voltaire, Paul-Louis Courier et vingt autres. Ces illustres ancêtres ont guidé nos pères dans les voies du raisonnement, et leurs ombres serviront, au besoin, de garde-fous à nos petits-fils, pour les garantir du danger des utopies. En 1849 et années suivantes, la caricature, la comédie et l'épigramme, toutes les armes de la Blague parisienne, ont aidé à nous sauver d'une première attaque de l'An-archie. C'est ce que devait finir par voir Eugène Pelletan lui-même.

— Au fait, écrivait-il dans *la Presse*, le citoyen P.-J. Proudhon m'a l'air d'être, au fond, un maître farceur. Qu'a-t-il donc fait ? Il a tiré un coup de pistolet par la fenêtre, afin d'étonner les passants, et rien de plus.

Si le coup de pistolet n'était qu'une figure de rhétorique, si la manœuvre n'était pas vraie, elle était, pour le moins, très vraisemblable.

Ce qui est hors de doute, c'est que tant de bruit a fini, un jour, en un mouvement de renommée au profit de l'opérateur. P.-J. Proudhon, obscur la veille, était le lendemain une des célébrités du jour. Désormais sa parole était de l'argent ou même de l'or et ses écrits pouvaient se changer en diamant. Sa seule correspondance fut en effet achetée quatre-vingt mille francs, par l'éditeur Lacroix.

Ainsi c'est un art que de bien cultiver le paradoxe et de faire porter des pommes ou des raisins à l'hyperbole. En mourant, l'ennemi des capitalistes a laissé à ses enfants un capital.

Quand il lançait dans le champ de la publicité ses étranges aphorismes, le Franc-Comtois savait bien qu'il ne jetait en l'air que de vaines paroles. Jamais l'An-archie n'a constitué un ordre social; jamais elle n'en réglera aucun. Et, chose très curieuse, un temps devait vite venir où P.-J. Proudhon serait le premier à désavouer ces aberrations de sa pensée. Un jour, en 1865, à Passy, causant de ces choses-là avec mon malheureux ami Gustave Chaudey, la victime de la Commune, il lui disait :

— Que de choses on m'a fait dire que je n'ai
pas dites ou auxquelles je n'attachais pas le
sens que des sectaires et des amis y ont mis !
Par exemple, on m'a très mal compris quand
on m'a accusé de vouloir proclamer l'An-archie.
En cela, je n'ai rien dit de concret. Cette forme
de langage était de la métaphysique appliquée
à la science politique, et rien de plus. C'était
comme le néo-christianisme de Saint-Simon,
c'était comme l'harmonie de Charles Fourier,
un procédé d'analyse sociale et de critique.
Prenant les choses au point de vue où les
prennent, aux États-Unis d'Amérique, les amateurs du *self-governement*, j'ai dit que, pour
le bonheur de l'humanité, les peuples doivent
se forger le moins d'entraves légales qu'il sera
possible. Ça n'a rien de neuf, d'ailleurs ; c'est
vieux comme les vieilles routes, puisque ce
système est celui de Platon, lorsque, dans ses
dialogues si éloquents et empreints de tant de
charme, il construit son beau livre de la *République*. Ainsi, j'y reviens : le moins de lois, le
moins de règles, le moins de discipline, le
moins de soldats qu'il sera possible. Je sais
bien que certains magistrats à tête étroite ou

de mauvaise foi équivoqueraient et trouveraient
que ce programme est un catéchisme d'an-
archie, mais il faut les laisser dire. Ce que je
veux poser en fait, après toutes réserves, c'est
qu'en dehors des spéculations philosophiques,
je veux un gouvernement protecteur de tous.
Conséquence forcée, je crois que l'An-archie
pure et simple serait un rêve d'esprit malade
et la plus monstrueuse des absurdités.

Il est clair que ce désaveu est des plus nets.

Cependant il y avait eu malentendu, et le mot
de révolte que le rêveur avait laissé tomber de
sa plume n'en a pas moins été une détestable
semence qui, jetée dans des consciences trou-
blées comme dans une terre trop chaude, a fini
par germer. Oui, elle a pris racine dans le
cerveau de malheureux prolétaires illettrés.
Elle a été épousée par quelques jeunes enthou-
siastes qui, n'examinant les choses que super-
ficiellement et s'imaginant qu'on peut retourner
un état social comme un gant, ont supposé que
le progrès consistait pour le genre humain à
rebrousser chemin vers l'état de nature et à
revenir à la vie édenique, c'est-à-dire à celle
que des noirs attardés mènent encore à l'heure

13.

qu'il est dans quelques régions inexplorées de
l'Afrique. Dans les dernières années de son
existence, quand il était père de famille, citoyen
assis en un domicile et vivant de sa plume
comme un ouvrier de ses outils, P.-J. Proudhon, assagi par le spectacle du monde moderne, s'emportait avec véhémence contre
ceux qui s'autorisaient de son nom ou de ses
écrits pour s'entêter dans leurs rêveries.

— Où ont-ils pris que je sois un chef d'école
et un si grand novateur ? disait-il avec éclat.
Pourquoi parlent-ils de proudhonisme ? Mais il
n'y a pas de proudhonisme ! Je n'ai pas et je
ne veux pas avoir de disciples. Comme tous
les contemporains qui paient l'impôt, j'ai le
droit de censure sur les hommes et sur les
choses du jour. Je vois dans l'ordre social des
vices, des abus, des antinomies, beaucoup
d'injustice, et je le dis. Mais c'est tout. Quant à
vouloir remplacer ce qui est par le nihilisme
des Russes ou par le collectivisme des Alle-
mands, je n'y ai jamais songé. Non, non, pas
si fou, Dieu merci.

A très peu de chose près, on le voit, l'auteur
des *Confessions d'un Révolutionnaire* raison-

nait comme un conservateur. En dix années, du reste, c'est-à-dire de 1848 à 1858, tout avait changé autour de lui. Non seulement lorsqu'il ouvrait les yeux, il n'entrevoyait plus le même horizon, mais la révolution du 24 Février avec ses sanglants soubresauts, les déceptions si amères qu'elle avait fait naître, la nécessité où il était de pourvoir à l'avenir d'une famille, tout cela n'avait pu qu'imprimer une autre tournure à ses idées. Il était allé, coup sur coup, emporté par la rapidité des événements, du drame de la place publique aux clubs ; de ces réunions publiques à un journal, *le Représentant du Peuple* ; de cet atelier de réformes à la Constituante ; de cette Assemblée à *la Voix du Peuple* ; de cet autre journal à la cour d'assises ; du banc des accusés à la prison ; de Sainte-Pélagie, un nouveau procès l'avait jeté en exil, et, après tant de mobilité, après tant d'orages, aspirant après le repos si nécessaire à la bonne allure de ses travaux philosophiques et littéraires, il voyait le monde sous un jour tout nouveau pour lui. Y a-t-il lieu de s'en étonner ?

P.-J. Proudhon, de retour à Paris, habitait

rue d'Enfer. Il y avait uné vie bourgeoise, un
ménage, une femme, des enfants, des amis, des
éditeurs, des lecteurs. Il s'efforçait d'y obéir
aux lois. C'est là même, c'est en ce domicile
qu'il a prêté main-forte à des voisins, lorsqu'il
s'est agi d'arrêter un assassin, le cocher Collignon. C'est de cette même résidence que, prenant de plus en plus le ton de la société
moderne, il est entré en correspondance avec
tant de personnages divers. Et, par ce qui
suit, on va voir avec quelle complaisance de
bonhomme il se prêtait aux usages que com-
mande la politesse.

En 1857 donc, il y a plus d'une quaran-
taine d'années, quand on entendait encore les
derniers échos de la révolution de Février,
P.-J. Proudhon était sans contredit une des
personnalités les plus bruyantes du temps. On
se rappelait ses articles de journaux si écla-
tants ; on lisait ses livres, pourvus d'une sub-
stance si nourrissante ; on cherchait surtout à
connaître l'homme privé dont la caricature, le
théâtre et la sottise avaient si bien altéré les
traits. Il en résulta un fait bizarre : P.-J. Proudhon recevait presque tous les jours dix ou

douze lettres par lesquelles on lui demandait un autographe, cinq ou six lignes de son écriture. Tantôt il répondait affirmativement, tantôt il formulait un refus très net par un mot ou même ne répondait pas. Une Société de gens de lettres, occupée à faire un album dans lequel devaient figurer les noms les plus glorieux du jour, demanda au publiciste de lui envoyer au moins sa signature. « Qu'on dise à ces messieurs que je ne suis pas un écrivain public », fit-il répondre, et, du coup, l'auteur des *Confessions d'un Révolutionnaire* passa pour l'ours le plus mal léché qui fût encore descendu des cimes du Jura.

On n'est pourtant pas en peine de citer d'autres faits où le rusé publiciste sut montrer plus de complaisance.

Telle aura été, par exemple, l'affaire qui a amené une correspondance entre lui et une écuyère de l'Hippodrome.

En 1856, six mois environ après la fondation de *la Gazette de Paris*, recueil littéraire dont j'étais le rédacteur en chef, on m'apportait un paquet scellé d'armoiries aristocratiques sur cire rouge. Après avoir pris connaissance

de la communication, je n'hésitais pas à
envoyer à l'imprimerie ce qu'il contenait. On
va voir, par la suite, que tout autre que moi
n'eût pas hésité à faire ce que je faisais. Seulement pour expliquer la situation du journal
et pour mettre sa responsabilité à couvert, je
faisais précéder l'insertion de la lettre de ce qui
suit :

« Il n'y a pas trois lignes qui ne servent à
l'histoire », a dit le président de Brosses. —
Un de nos abonnés nous envoie la lettre suivante dans les termes flatteurs que voici, et
nous obtempérons bien volontiers à son désir. »

Venait ensuite la lettre de l'abonné.

Champrosay, 11 août 1856.

« Monsieur,

» Je vous envoie, — comme un témoignage
de ma sympathie pour votre *Gazette de Paris*,
— la copie parfaitement textuelle d'une lettre
curieuse, adressée par M. Proudhon à une
ancienne écuyère de l'Hippodrome, qui avait
demandé au célèbre écrivain des conseils pour

rentrer dans le sentier de la vertu, comme
dirait Joseph Prudhomme. — La correspon-
dante de M. Proudhon est ma voisine de campagne à Champrosay, et m'a avoué qu'elle avait
écrit à l'auteur du *Mémoire sur la propriété*
dans un accès de mélancolie et de décourage-
ment, — après souper.

» Qu'allons-nous devenir, hélas ! si les
écuyères de l'Hippodrome se mettent maintenant
à avoir le *souper* triste !

» GABRIEL VICAIRE. »

Qu'était-ce que M. Gabriel Vicaire? Je ne
le connaissais que pour avoir reçu de lui,
deux ans auparavant, une lettre qu'il m'envoyait en réponse à un article du *Mousquetaire*,
d'Alexandre Dumas, contenant un éloge de
Lamartine signé de mon nom. En dépit d'une
invitation des plus pressantes, j'avais négligé
de répondre à ce correspondant inconnu, ne
me rendant pas bien compte de l'insistance
qu'il mettait à avoir de ma prose, à moi, chétif;
mais il ne me gardait pas rancune, ainsi qu'on
vient de le voir.

Au reste, la nouvelle communication qu'il

faisait, étant un très beau morceau de style
employé au service d'une idée fort morale, il
n'y avait point de raison pour ne pas la publier.

Dans son numéro du 24 août, *la Gazette de
Paris* insérait donc la lettre de P.-J. Proudhon
à l'écuyère de l'Hippodrome. — Cette pièce a
déjà acquis toute l'autorité d'un document
historique.

La voici dans son originalité :

13 juillet 1856.

« Madame,

» Je ne sais trop que penser de votre originale épître. Est-ce un accès de gaieté folle qui
vous a suggéré l'idée de tenter la sagesse d'un
pauvre père de famille fort au-dessous de sa
réputation ; ou bien une de ces lassitudes insur-
montables qui forment la compensation amère
des enivrements de votre état ? Au ton moitié
désolé, moitié ironique de votre lettre, je ne
sais vraiment que juger, et je connais trop
peu le monde où vous avez vécu, pour savoir
ce qui peut passer par la cervelle d'une ancienne
écuyère de l'Hippodrome.

» Dans cette incertitude, je prends le parti, madame, de faire comme vous ; je répondrai à vos questions comme si elles étaient sérieuses et je lâcherai un peu la bride à ma plume, comme si vous aviez plus envie de rire que de vous convertir.

» Faisons-nous d'abord quelques principes.

» Vous ne croyez, dites-vous, pas plus à la vertu des hommes qu'à la vertu des femmes.

» Je ne m'en étonne point d'après la vie que vous avez menée. Mais trêve de misanthropie aussi bien que de rigorisme ; il en est de la vertu, madame, comme de la santé. La vertu n'est même, à mon avis, que la santé du cœur comme la santé est la vertu du corps. Combien pensez-vous qu'il y ait, sur cent individus pris au hasard, de sujets vraiment sains? Pas cinq, peut-être pas trois ; et la preuve c'est qu'il y a fort peu de gens qui meurent de vieillesse après avoir passé leur existence sans maladie. *L'insanité* du corps, telle est donc, aujourd'hui, la condition commune de l'humanité, malgré les cent mille conscrits soi-disant sains que prennent chaque année nos conseils de revision, malgré cette multitude de jolies femmes qui remplissent nos villes et nos campagnes.

» Eh bien! madame, cette rareté de santés parfaites vous fait-elle déclamer contre la santé? Prétendez-vous que la maladie est notre état naturel et normal? Soupçonnez-vous le petit nombre de ceux qui se portent bien d'être des hypocrites? et concluez-vous qu'il faut s'abandonner aux hasards du chaud, du froid, de l'humide et d'une alimentation désordonnée?

» Non, certes; quelque chose nous dit au contraire que la santé est la loi des êtres vivants! que c'est elle qui fait le fonds de notre vie; que, quand on l'a perdue, il faut y revenir ou se laisser niaisement mourir d'inertie et d'inanition.

» Il en est ainsi de la vertu; elle est un peu partout, elle n'est entière presque nulle part. Je ne sais, madame, qui vous a façonné vos idées sur la vertu; il faut que vous les ayez reçues, jeune fille, dans quelque couvent. Mais de même qu'il y a encore en vous de la vie et de la santé, de la vigueur même (et votre lettre en déborde); de même, j'ose en jurer, il y a en vous de la vertu : le chagrin seul, le dépit de vos faiblesses, l'humiliation de vos mécomptes vous empêchent de l'apercevoir.

» Laissons de côté les Agnès et les Madeleine, ces types de l'innocence et du repentir ; il y a en vous de la vertu, vous dis-je, et j'ai une excellente raison pour l'affirmer, c'est votre propre témoignage, c'est votre désir profond d'avoir encore plus de vertu, comme un convalescent qui aspire à une santé parfaite.

» Ce premier principe ne vous paraîtra pas trop désespérant, je pense. En voici un autre sur lequel j'appelle également votre attention.

» C'est un fait que les bêtes, — je ne fais pas de comparaison, soyez tranquille, — que les bêtes, dis-je, ne connaissent pas l'ennui, ni le dégoût, ni la satiété, ni le désespoir, ni aucune de ces maladies morales qui suivent la perte de la santé morale, c'est-à-dire, si vous me permettez actuellement d'employer le mot, de la vertu.

» La raison en est que les bêtes, infiniment moins passionnées que les hommes, obéissant à l'instinct et à ses lois infléxibles, ne sont pas pour ainsi dire exposées à perdre cet équilibre, cette santé de l'âme sans laquelle nous autres

hommes ne pouvons vivre. De ce côté, l'existence des animaux est protégée par leur ani-
malité même ; je ne dis pas que ce soient de
pures machines, mais je dis, au sens moral, au
point de vue de cette vie supérieure qui nous
caractérise, qu'ils n'ont véritablement pas
d'âme.

» Où veux-je en venir avec cette observation
d'histoire naturelle ? Le voici : la nature est
pleine d'analogies ; à l'exemple des bêtes, les
personnes occupées de choses sérieuses, tri-
viales même, — car ce que le commun des
hommes appelle sérieux, n'est pour les
artistes que trivial, — ces personnes-là, dis-je,
laboureurs, artisans, savants, fonctionnaires,
etc., etc., ne connaissent pas l'ennui, ou du
moins le connaissent fort peu. Elles ne l'éprou-
vent, et avec lui le dégoût, la satiété, l'abatte-
ment, tous ces symptômes qui caractérisent
chez un homme une corruption avancée, que
lorsqu'il leur arrive de sortir de leurs occupa-
tions, de se livrer à l'oisiveté, au plaisir, à la
débauche.

» Ces personnes-là sont-elles des bêtes, et
vous, madame, et vos compagnes du théâtre

et de l'Hippodrome, et les fainéants qui *nocent*
la vie avec vous, seriez-vous par hasard les
créatures nobles, privilégiées, les rois et les
reines de la création?...

» Je vous défie de me répondre affirmativement : vous pressentez quelle pourrait être
ma réplique.

» Ainsi, voilà qui est établi : les gens de travail, d'études, d'affaires, les âmes qui luttent
enfin, sont peu ou point sujettes à l'ennui et
aux vices qui l'engendrent; au contraire, les
gens qui jouent, qui s'amusent, qui flânent, qui
batifolent, qui font l'amour, qui rêvent, qui
vivent, qui mangent, qui dansent et qui chan-
tent; les poètes, les artistes, toute la bohème
littéraire, je dirai même les gens d'église et
jusqu'aux trappistes, tout ce monde prétendu
supérieur est livré irrémissiblement à la débauche, au dégoût, à la honte pire que la mort.

» Encore un peu de patience, madame, je
vais conclure.

» Je trouve dans votre lettre une phrase
curieuse et qui vous peint tout entière : « Issue
» d'une famille honorable, j'aurais pu, comme
» bien d'autres, épouser un brave homme de

» bourgeois, avoir des enfants, etc. Mais bah !
» j'ai redouté les ennuis d'une existence aussi
» peu accidentée, et je me suis lancée à corps
» perdu dans les hasards d'une existence au
» jour le jour ! »

» Vous avez fait là, madame, une énorme
sottise ; mais comme il n'y a pas tout à fait de
votre faute, le mal n'est pas non plus tout à
fait sans remède.

» Toutes vos déceptions ont leur cause première dans un noble sentiment de la dignité
humaine, sentiment qui doit vous réconcilier
avec vous-même et vous rendre le courage.
Vous avez au plus haut degré la conscience de
la liberté et l'horreur de cette monotonie, de
cette servitude que nous impose la nature, et
qui se résume dans ce mot : LE TRAVAIL. Ici,
madame, croyez-le, je ne fais pas d'ironie. Je
vous blâme d'avoir méconnu la loi du travail
qui vous aurait retenue dans la voie de votre
père ; mais je vous loue d'avoir compris,
quoique d'une manière confuse, que l'homme,
tout en subissant la loi du travail, doit combattre sans cesse les trivialités de l'existence.
Votre malheur a été de séparer par la pensée

ces deux choses : TRAVAIL et LIBERTÉ, — TRA-
VAIL et ART, — TRAVAIL et AMOUR. — Vous
vous êtes dit : Je laisserai de côté cette servitude laborieuse et toute cette trivialité, tout
ce convenu de la vie commune, et je me
consacrerai exclusivement à la liberté, à l'art,
à l'amour. Et vous êtes devenue une femme
libre, artiste, amoureuse, un être fantaisiste et
passionné, poussant la fantaisie jusqu'à l'épui-
sement...

» Le résultat vous est connu. En ne suivant
que le beau et l'idéal, vous êtes arrivée au
grossier et à l'ignoble ; de personne libre que
vous étiez, vous vous êtes faite esclave, et les
jouissances de la vanité, et celles de l'art, et
celles de l'amour, n'étant plus soutenues par
rien de réel, de sérieux, de vivant, de fort, ne
vous ont laissé que souillure, vide, dégradation.

» Que faire à cette heure ? me demandez-
vous.

» Ici, madame, je ne puis plus vous con-
vaincre ni par raisonnement ni par votre propre
expérience, puisque vous vous êtes placée en
dehors des conditions de la vie normale. Je ne
puis que vous affirmer la vérité de ce que je

m'en vais vous dire. Vous suivrez mon conseil ou vous le dédaignerez : il y va pour vous de la vie ou de la mort, et ce qui est plus, comme je vous ai dit, de l'honneur ou de l'infamie.

» Vous avez vingt-huit ans, la première période de votre jeunesse est passée ; il vous reste la seconde : douze années de l'âge moyen d'une femme, vingt-huit à quarante. C'est encore un avenir.

» Rompez d'abord avec toute espèce d'amour. La première chose que vous ayez à faire est d'apprendre à vous posséder vous-même, et, malheureuse, vous n'avez été, jusqu'à ce jour, que l'esclave d'autrui ! Cela vous coûtera dans les commencements, il faut vous y attendre ; mais si la lutte est pénible, le triomphe vous sera doux. Se *posséder*, entendez-vous ; être affranchie, ennoblie dans son corps et dans son cœur, gouverner ses sens, c'est ce qu'on appelle *chasteté*. Vous n'êtes plus vierge, soit ; la perte peut se réparer ; vous pouvez encore être chaste.

» Deux ans au moins de ce régime vous sont nécessaires. Les tentations seront vives : ceux qui, vous ayant connue, vous verront changer de vie, ceux qui, ne connaissant de vous que votre vie nouvelle, auront vent de votre passé ; tous trouveront piquant de refaire votre conquête, et mettront tout en œuvre pour vous ramener sous le joug ! Ne faiblissez pas, ou tout est perdu. Méprisez ceux qui vous tourneront en ridicule : il ne peut vous échapper, si peu que vous connaissiez le cœur des hommes, que le dépit aura plus de part à leurs sarcasmes que le zèle de la vertu. Une écuyère quitte ses amants avant que ses amants la quittent; c'est impardonnable ! Avec l'abstinence absolue de l'amour, je vous prescris une vie sobre et laborieuse. N'accordez rien à la sensualité, et même faites quelquefois maigre chère.

» C'est ce que les prêtres nomment *mortification*; et je vous la conseille, non parce qu'il y a dans ce régime aucune vertu magique, mais parce qu'il vous exerce peu à peu à dominer la nature, et qu'il spiritualise pour pour ainsi dire notre être.

» Vous ne me dites pas quels sont vos moyens actuels d'existence; mais quels qu'ils soient, il faut y ajouter encore, les développer, les appliquer en choisissant une profession, en embrassant une carrière.

» Vous avez, dans une large mesure, l'intelligence, l'esprit même, une orthographe irréprochable, du style, une jolie main ; je ne parle pas de vos autres talents qui me sont inconnus. Rien ne vous manque, et vous pouvez vous distinguer encore dans la vie sérieuse, autant et plus que vous n'avez jamais fait sur les planches.

» Figurez-vous que vous êtes dans la société comme Robinson dans son île, seule, avec les quelques ressources que vous a laissées la fortune. Il faut vivre, et si déjà la vie vous est assurée, il faut élargir et élever de plus en plus cette vie. Seriez-vous morte lâchement à la place de Robinson, au bord de la mer, au lieu de travailler comme il fit pendant vingt-cinq ans ? Eh bien ! vous êtes mieux que Robinson, et vous pouvez faire mieux que lui.

» Supprimez de vos lectures les romans et les vers. Votre imagination réclame quelque chose de plus fortifiant et de plus pur.

» Vous avez l'histoire, les voyages, la géographie, les sciences ; allez jusqu'à la philosophie, si vous voulez.

» En un mot, tout en restant ce que la nature vous a faite, artiste, travaillez, occupez-vous, entreprenez, et reportant sur votre nouvelle vie votre talent d'artiste, ennoblissez sans cesse vos travaux et vos entreprises. Vous n'aimez pas l'économie domestique ! c'est que vous n'en avez vu que le graillon et la fumée. Il faut bien du talent, sachez-le, à une femme, pour faire de son appartement un tableau et un paysage. Et c'est pourtant là qu'elles doivent tendre toutes : des marmites, des pots, des meubles, sont-ils donc plus dégoûtants à toucher que des couleurs et des brosses ?

» — Et après, m'allez-vous dire, le but, la fin de tout cela ?

» Après, madame? Il faut d'abord m'en croire sur parole, puisque vous m'avez pris pour votre médecin ; commencez le traitement et suivez-le avec résolution, et quand votre guérison sera avancée, je vous dirai ce qu'il faut faire. Je vous montrerai le but supérieur de la vie universelle, but auquel votre bonheur sera d'avoir concouru de toutes vos forces.

» Je vous salue, madame, avec estime et affection.

» P.-J. PROUDHON. »

L'apparition de cette lettre ne devait pas tarder à prendre les proportions d'un événement. Indépendamment de l'intérèt si légitime qui suivait tout ce que publiait P.-J. Proudhon, l'épître à l'Écuyère devenait un objet précieux, au double point de vue du fond et de la forme. Il n'y a qu'un sage qui puisse donner de si bons conseils à une femme perdue ; il n'y a que Voltaire qui s'entende à écrire avec cette merveilleuse clarté.

La *Gazette de Paris*, à peu près ignorée avant cette publication, devenait tout d'un coup un des journaux littéraires les plus aimés. Cette lettre était, dès le lendemain, reproduite par *la Presse*, et, le surlendemain, par tous les organes de l'opinion publique en France. Pas un journal des départements qui ne voulut la réimprimer. Ce succès était européen au bout d'une semaine, c'est-à-dire (pour ceux qui ne comprennent pas les ellipses) que cette allocution du publiciste à une pécheresse du jour était traduite en anglais, en allemand, en espagnol, en russe. Après trois mois écoulés, elle devait nous revenir de l'Amérique du Sud, dans un journal de la Havane.

On a dit, dans le langage d'atelier et de café, si bien approprié aux mœurs du temps, un mot que je reproduis : « Cette lettre donne une *dorure* nouvelle à la célébrité de P.-J. Proudhon. »

En parcourant mes souvenirs, j'avais trouvé un cas analogue. Tout voulait que les deux incidents fussent semblables. Je veux parler de la conversion d'une danseuse de l'ancien régime et d'une lettre que lui adressait Jean-Jacques Rousseau. Voici, par exemple, ce qu'on trouve dans les *Mémoires secrets* de Bachaumont :

« Désirant d'être sage, même à l'Opéra, car la vertu se fourre partout, une jeune et jolie danseuse, madame T***, qui vient de se marier et de se retirer du théâtre, écrivit, dit-on, au célèbre J.-J. Rousseau, quelque temps avant la mort de ce philosophe, et le pria de vouloir bien lui apprendre de quelle manière elle devait se

comporter pour mener une conduite irréprochable dans un séjour où la beauté et la vertu
sont entourées de mille pièges. L'artiste
reçut la réponse suivante :

« Mademoiselle,

» On ne peut être plus surpris que je le suis
de recevoir une lettre datée de l'Académie
royale de musique, par laquelle on réclame des
conseils de ma part pour y bien vivre. Vos
expressions peignent l'honnêteté avec tant de
franchise et de candeur, que je ne vous ren-
verrai pas, pour en recevoir, à ceux qui ont
coutume d'en donner à celles qui s'y présentent.
Je ne puis cependant pas vous fournir les pré-
ceptes que vous me demandez : ne doutez nullement de ma bonne volonté à vous satisfaire.
Mais je suis fort embarrassé pour mon propre
compte, quoique je ne sois pas dans une carrière aussi glissante. Je suis donc hors d'état
de vous diriger dans celle où vous êtes entrée.
Je n'ai à vous conseiller que de vous arrêter à
deux principes généraux qui me paraissent être
la base de toutes nos actions, dans tel état que
le destin nous ait placés.

» Le premier, c'est de ne jamais vous écarter du respect que vous paraissez avoir pour les bonnes mœurs ; et, pour y réussir, évitez l'impulsion du cœur et des sens, et qu'une extrême prudence en soit le correctif.

» Le second, dont vous devez sentir toute la nécessité, c'est de fuir, autant que vous le pourrez, la société de vos compagnes et de leurs adulateurs. Rien ne perd aussi facilement que le poison de la louange et l'air contagieux de cet endroit... Jetez les yeux autour de vous, et vous remarquerez que ceux ou celles qui le respirent sans être en garde contre son effet, ont le teint flétri et l'extérieur de machines détraquées.

» Voilà, mademoiselle, les seules réflexions que je vous engage à faire ; quant au reste, vous me paraissez douée de toute la pénétration nécessaire pour parer aux inconvénients qui renaissent à chaque moment dans ce séjour. Acceptez, je vous prie, la considération qu'a pour vous,

» Votre très humble serviteur,

» JEAN-JACQUES ROUSSEAU. »

Dans le même moment, un avocat à la Cour d'appel de Paris, rédacteur d'une *Revue* importante, M. Romain Cornut, faisait une autre découverte sur le même sujet, c'est-à-dire deux autres lettres de l'auteur du *Contrat social* à la danseuse d'Opéra. Ce n'étaient point les seules réminiscences que l'épître de P.-J. Proudhon eût fait naître. Ainsi cette curieuse allocution du journaliste radical à une écuyère nous remettait en mémoire une autre lettre du même publiciste, écrite en 1850 à un M. B*** fils, de La Ferté-Bernard, jeune homme de dix-sept ans, qui lui demandait des conseils pour embrasser un parti politique. La réponse du spirituel logicien a été imprimée alors dans le *Journal de Mamers*; mais ce journal ne franchissant pas les limites de la localité, elle devenait une chose inédite pour la France. Aussi *la Gazette de Paris* s'empressait-elle de lui donner asile dans ses colonnes [1].

P.-J. Proudhon répond, avec sa sagesse ordinaire, au fils B***, que le travail nous donne seul le droit d'avoir une opinion; que ce n'est que

1. La lettre à M. B*** fils, de La Ferté-Bernard, nous fut communiquée par Charles Monselet.

par une longue pratique des choses sérieuses qu'on se *fait sa lanterne,* comme disait le ministre Garat.

En insérant cette nouvelle épître, *la Gazette de Paris* ajoutait : « Le XVIIIe siècle ne se lassait pas des lettres de Voltaire ; pourquoi le XIXe siècle se lasserait-il des lettres de P.-J. Proudhon ? »

Citons.

A M. B*** FILS, DE LA FERTÉ-BERNARD.

La Conciergerie, 18 mars 1850.

« Monsieur,

» Si j'avais l'honneur de vous connaître, si je pouvais prendre vos paroles au sérieux et ajouter foi à la sincérité de votre demande, voici ce que je me permettrais de vous répondre :

» Vous n'avez pas dix-sept ans, dites-vous ; vous voulez adopter une opinion et suivre un parti politique, et, à cette fin, vous me demandez des conseils.

« Eh bien ! monsieur, je veux bien vous avertir que vous ne devez point attendre de ma

part une pareille complaisance ; je ferai plus,
je vous ferai connaître mes motifs.

» Il ne vous appartient pas, jeune homme,
de vous lancer dans la politique et d'embrasser
une opinion, surtout si elle est contraire à celle
de vos parents ; vous n'avez point l'âge auquel
il soit permis à un fils de famille de suivre ses
inclinations, et bien loin que vous puissiez invoquer en votre faveur la précocité de votre jeune
expérience, votre lettre me prouve, précisément, que vous ne savez point ce que sont nos
hommes d'État, et que les meilleurs écrivains
sont ceux qui se sont plongés le plus longtemps
dans les choses sérieuses avant de saisir la
plume.

» Que ces réalités soient de la physique, de
l'histoire, des mathématiques, de l'industrie,
du commerce ou de la pratique, peu m'importe ; la politique n'est que le vêtement plus
ou moins agréable et juste dont on revêt les
idées positives, fournies par le travail intellec-
tuel et moral ; et vous, qui êtes jeune, vous qui
entrez dans la vie, vous qui n'avez encore rien
fait, vous voulez, en débutant, vous lancer dans
un parti ? Et c'est à moi que vous vous adressez

pour vous servir de conseil? Mais sachez donc, monsieur, qu'avant d'être journaliste, j'ai été quinze ans imprimeur et seize ans commis, et que je me trouve encore, par l'insuffisance de ma carrière industrielle, fort au-dessous de ma tâche.

» Quant à mes opinions politiques que vous prétendez être celles de Robespierre et de Ledru-Rollin, je n'ai là-dessus qu'une chose à vous dire, c'est que je suis l'antipode de Robespierre, et que j'ai maintes fois combattu les tendances de Ledru-Rollin, ou plutôt des hommes de son parti; vous voyez donc bien qu'il vous faut encore réfléchir bien longtemps, avant de pouvoir exprimer, sur ces matières délicates, un jugement consciencieux et motivé.

» Je ne veux donc point vous donner de conseils, parce que, outre que vous n'avez point l'âge ni l'expérience nécessaires à la politique, dans le cas où mes conseils ne seraient pas d'accord avec les vues et les sentiments de monsieur votre père sur votre personne, je pourrais, sans le vouloir, me rendre coupable d'une séduction de mineur, et d'un véritable

attentat contre les lois de la famille et de l'autorité paternelle.

» Je termine en pensant que votre lettre n'est
qu'une mystification à mon adresse ; dans ce
cas, monsieur, la moindre réparation que vous
me devez est de prendre vos renseignements sur
ma personne à meilleure enseigne ; vous décou-
vrirez, sans nul doute, que je suis pur de tout
charlatanisme, et que ma vie et mes intentions
peuvent, jusqu'à présent, défier la calomnie.

» Je vous salue.

» P.-J. PROUDHON. »

Cette autre lettre si sage n'obtint pas moins
de succès que la première. On s'empressa de
la reproduire de tous côtés. Seulement quelques délicats hochaient la tête en disant :
» Qu'est-ce que P.-J. Proudhon entend par ces
mots : *mystification à mon adresse ?* » La
suite fera comprendre le sens mystérieux
que l'éminent dialecticien attachait à ces
paroles, et pourquoi il prenait tant de pré-
cautions pour répondre au jeune homme de
La Ferté-Bernard.

Quant à lui-même, P.-J. Proudhon n'accueillit la publication de cette seconde lettre qu'avec une colère mêlée d'effroi. Ceux de ses amis qui accouraient pour le complimenter étaient rembarrés très nettement.

— Allons donc ! je n'ai été que trop mystifié avec tout cela ! s'écriait-il.

Et il tournait le dos, même à ses intimes.

Bien mieux, il nous envoyait, comme expression de son mécontentement, une sorte de protestation qui parut la semaine suivante (7 septembre 1856).

« Au Rédacteur de *la Gazette de Paris.*

« Monsieur le Rédacteur,

» Pour le coup, il m'est impossible de ne pas protester contre l'abus qui est fait de mes lettres dans je ne sais quel intérêt de curiosité désœuvrée et à tous les points de vue répréhensible.

» Une lettre est un acte de la vie privée que personne, pas même celui à qui elle a été adressée, n'a le droit de livrer à la publicité contre la volonté de celui qui l'a écrite. Une pareille

publication constitue un véritable abus de con
fiance, une violation de l'honnêteté.

» J'aime à croire que, dans le grand nombre de lettres qu'il m'est arrivé d'écrire, il n'en
est aucune dont j'aie plus à rougir que des deux
qui viennent de paraître dans votre journal.
Mais ce n'est pas la satisfaction de mon amour-
propre que je dois considérer ici, ce sont les
principes de la bonne foi et de la moralité publique. Ce qui m'arrive, à le bien prendre, est
une véritable insulte, dont vous m'obligeriez
fort, monsieur le Rédacteur, au nom de la
bienveillance que vous m'avez toujours témoi-
gnée, de ne pas vous rendre davantage complice.

» Malgré la retraite dans laquelle je me ren-
ferme, il m'arrive encore tous les jours de recevoir des lettres de personnes inconnues et sur
toutes sortes de sujets. J'ai l'habitude de répondre à toutes *impromptu*, selon l'inspiration de
ma conscience et de mon entendement. J'ai
gagné à ce système de faire plaisir quelquefois
à d'honnêtes gens, et, ce qui vaut mieux, de
mériter leur estime. Qu'après cela il m'arrive
d être dupe, malgré toute ma présence d'esprit,

de quelque mystification, c'est l'inconvénient
inévitable d'une pareille correspondance. J'en
prends de bon cœur mon parti, et je permets
aux indiscrets de rire tant qu'ils voudront de
ma naïveté.

» Mais vous, monsieur le Rédacteur, et vos
confrères de la presse périodique, permettez-
moi de vous rappeler, une fois pour toutes, à
la seule conduite qui vous convienne et qui est
l'abstention la plus sévère.

» Vous obligerez votre tout dévoué

» P.-J. PROUDHON. »

Ne sachant pas encore deviner quelle était la
cause réelle de tant de colère, j'eus le tort de
prendre pour moi et pour la publication littéraire que je dirigeais la plus grosse part de
ces reproches. Aussi, dans le même numéro
où je donnais place à la réclamation de l'éminent publiciste, je répliquai bien vite par les
lignes qui suivent :

« Si *la Gazette de Paris* pouvait s'attendre
à un retour de correspondance de la part de
M. P.-J. Proudhon, elle ne comptait pas, je

l'avoue, sur la lettre étrange qui précède. Quand, il y a quinze jours, sur la prière d'un de nos abonnés de province, nous avons ouvert les colonnes de notre journal à la première épître de l'auteur de tant de belles pages, ça été en tout bien tout honneur ; nous avions considéré, non sans raison, ce remarquable travail comme une bonne fortune ; nous nous empressions de l'admettre, parce qu'il contenait l'expression très élevée des plus honorables sentiments, et non point, à coup sûr, dans le but de provoquer chez son auteur le mouvement d'irritation qu'il vient de manifester d'une manière si imprévue. Mais M. P.-J. Proudhon ne se contente pas de blâmer ; il se fâche, comme s'il s'agissait d'une grosse affaire ; il prodigue les grands mots ; il se lance presque dans les prosopopées qui lui sont familières ! Il y avait longtemps que l'on connaissait l'éminent écrivain comme un humouriste de premier ordre (les gens du peuple diraient pour un *original*). Une telle boutade, tout à fait hors de saison, ne saurait être de nature à faire revenir le pauvre monde sur l'opinion qu'il avait à cet égard.

» Pour commencer, M. P.-J. Proudhon parle de l'abus qui est fait de ses lettres... Le mot : « abus » est bien fort ! En réalité, je n'ai pris d'autre licence que de publier la lettre à l'écuyère de l'Hippodrome, — celle qu'on a appelée dans le monde « la première aux Corinthiennes ». Quant à la seconde, non moins louable, adressée au fils B***, de La Ferté-Bernard, elle nous arrivait par un journal des départements, ainsi que nous l'avons dit ; elle avait déjà été imprimée en 1850 : il y avait donc près de six ans qu'elle était dans le domaine public, auquel son auteur ni personne n'auraient désormais le pouvoir de la reprendre. Mais, à en croire M. P.-J. Proudhon, ses deux lettres auraient été publiées dans un intérêt de « curiosité désœuvrée ». Voilà encore deux mots malsonnants qu'il serait juste d'effacer. Bernardin de Saint-Pierre a écrit : « Quand un homme célèbre demande, » par écrit, une poularde à sa cuisinière, cela » devient de l'histoire. » Jugez de ce que c'est quand l'homme célèbre écrit à une actrice ! Dans les temps où nous sommes, l'histoire passe avant tout ; l'histoire a un intérêt supérieur aux mille et une considérations de la vie privée. Ne l'ai-je pas prouvé, l'autre jour, en allant chercher, dans les archives du passé, une analogie historique, cadrant avec la circonstance? A cent ans de date, J.-J. Rousseau répondait à une danseuse d'Opéra, comme P.-J. Proudhon a répondu à une écuyère de l'Hippodrome. Bien mieux, un correspondant de *la Presse*, un avocat journaliste, M. Romain Cornut, après la lecture de ce second opuscule, a découvert et fait paraître deux autres lettres semblables de l'auteur du *Contrat social*, mais deux lettres infiniment moins belles, il le reconnaît, que celle de l'auteur du *Mémoire sur la propriété*. N'y a-t-il donc dans tout cela qu'un « intérêt de curiosité désœuvrée? » P.-J. Proudhon, j'en suis sûr, n'oserait le soutenir maintenant, lui qui est passé maître dans l'art de faire des rapprochements et d'en tirer des conséquences.

» Un peu plus loin, il ajoute : « Une lettre » est un acte de la vie privée, que personne, » pas même celui à qui elle a été adressée, n'a » le droit de livrer à la publicité contre la » volonté de celui qui l'a écrite. » Il a mille fois raison très certainement, quand il s'agit d'un détail de la vie intime, d'un objet qui se rapporte à la famille, d'un incident qui touche aux affaires. Le cas actuel est tout autre. Dans les deux lettres publiées, on trouve, sous l'enveloppe d'un style très didactique, des principes de morale, un peu d'économie domestique, un peu de philosophie expérimentale, et, en définitive, une grande dose de pédagogie. Ces deux épîtres pourraient tout aussi bien aller à l'adresse d'un lecteur anonyme, comme les *Lettres d'Euler à une princesse allemande, sur l'astronomie*, par exemple. En admettant que j'eusse lancé l'œuvre de l'astronome aux quatre points de la rose des vents, je ne vois pas en quoi je me fusse rendu coupable « d'une violation de l'honnêteté ».

» Mais ici, je lui demande la permission de le lui dire, l'auteur des *Contradictions économiques* s'insurge violemment contre lui-même. Oui, sans hyperbole, il donne un démenti à tout ce qu'il a écrit depuis qu'il existe. Je ne dirai pas sans s'en douter, mais très évidemment sans y avoir sérieusement réfléchi, il rature d'un trait de plume toutes les amplifications éloquentes qu'il a produites naguère en faveur de la liberté absolue d'écrire. Les lettres mises sous le boisseau toutes les fois que les auteurs en accuseraient le désir ! P.-J. Proudhon y a-t-il bien songé ? Que deviendrait la vérité ? Où retrouver l'histoire ? Que ferait-on de la justice, dont il est, Dieu merci, l'un des plus vaillants et des plus illustres champions ?

» Mais n'allons pas si haut dans la critique ; je veux me contenter de citer une anecdote. — Il n'y a pas fort longtemps, sous Louis-Philippe, à l'époque où Armand Carrel était détenu à Sainte-Pélagie pour un article du *National*, Chateaubriand, malade, n'ayant pu l'aller voir dans sa cellule, lui envoyait un billet de cinq lignes, brillant et chaleureux comme tout ce qui tombait de sa plume :

» Je n'ai que peu de temps à vivre. Je ne
» verrai pas se réaliser vos rêves. Ils sont
» près d'éclore, je le sais, je le sens. La Répu-
» blique, la plus belle de vos chimères, appa-
» rait déjà à l'horizon, mais je ne serai pas là
» pour la voir, quand elle posera son pied sur
» notre sol. Saluez pour moi cette reine de
» l'avenir.

» CHATEAUBRIAND. »

» Ce billet renfermait des espérances que la loi d'alors proclamait coupables ; c'était presque un délit. En tout cas, ni Armand Carrel ni Chateaubriand ne l'eussent fait paraître. Or, comme ce billet s'était égaré en route, un tiers l'avait ramassé sur le chemin de la prison, un ami commun, et sans l'assentiment préalable de celui qui avait écrit, ni de celui à qui les cinq lignes étaient adressées, il divulguait le prestigieux message au moyen des cent voix de la presse. C'est comme cela que je l'ai. — Armand Carrel ni Chateaubriand ne s'avisèrent point de réclamer ni de parler « d'abus de confiance ». Et pourtant il s'agissait de confidences intimes.

» Cette question de la publication des lettres a mille faces.

» Lamennais est mort en 1854, laissant des œuvres posthumes et particulièrement une précieuse correspondance, un grand nombre de lettres, tant de lui-même que de la plupart des autres hommes illustres de son temps. En mourant, il chargeait un de ses amis (E.• Forgues) de veiller à la publication de ces lettres ; mais voilà que ses héritiers directs, sa famille,

15.

entrant dans la théorie de l'abstention, comme
P.-J. Proudhon, demandait que ces épîtres
demeurassent inédites. On a dû avoir recours
aux tribunaux pour savoir à quoi s'en tenir.
Eh bien, il y a quinze jours, au plus tard, un
jugement, savamment motivé, permettait la
publication des lettres, même de celles, enten-
dez-le bien, « dont les auteurs n'ont pas été
consultés ». — Il y a, dit-on, dans la correspondance de Lamennais, cent lettres de prélats,
de ministres, d'écrivains, de princes et de
tribuns dont quelques-uns vivent encore. —
Concluez.

» Pour le dire, en passant, la boutade de
P.-J. Proudhon devrait rendre singulièrement
embarrassante la situation des possesseurs
d'autographes. On sait combien ces sortes de
collectionneurs, artistes patients et studieux, se
sont multipliés. Rien ne leur a coûté pour
avoir dix lignes de la plupart des hommes
considérables de l'époque, ni les démarches, ni
l'argent, ni le temps. Toute réflexion faite, en
écoutant l'auteur de la lettre à l'Écuyère, ils ne
posséderaient plus rien, un autographe n'ayant
de valeur qu'autant qu'il peut être mis en

évidence, et les auteurs diraient toujours comme P.-J. Proudhon : « Ne montrez pas ma lettre : je m'y oppose. »

» Mais ce n'est là qu'une simple parenthèse.

» J'ai dit combien P.-J. Proudhon posait de restrictions à la liberté de la pensée. Il fait plus. Chose curieuse ! chose bizarre ! il se montre le plus jaloux et le plus inflexible des propriétaires. Sans plaisanterie, il rappelle ce bourgeois de Paris, si bien représenté jadis par Lepeintre jeune, et qui disait sans cesse : « Qu'est-ce qui fait du bruit dans ma maison d'en face ? » Il resserre les limites de la propriété littéraire comme un serrurier ferait pour les deux branches d'un étau. « Mon œuvre est à moi, rien qu'à moi. »

» Il y a plus de vingt ans que cette question de la propriété littéraire est sur le tapis, et il faut bien le reconnaître, si elle n'est pas encore résolue, on tend, en général, à la dénouer dans le sens le plus libéral possible. En 1837, lorsqu'il fut question de fonder la Société des Gens de lettres, société qui vit de prohibition, comme on sait, un des anciens collègues de P.-J. Proudhon, à la Constituante, un drama-

turge journaliste, M. Félix Pyat, s'élevait vivement, dans *le Vert-Vert*, contre la pensée
qu'on commençait à émettre « d'interdire la
» publication de telle ou telle œuvre, grande
» ou petite ». — Entre autres choses, il produisait un argument qui ne serait pas sans
à-propos dans ce qui nous occupe. « Virgile
» était près de commettre un délit le jour où
» il parlait de brûler l'*Énéide.* Il n'est pas plus
» permis à un écrivain ou à un artiste de *dissi-*
» *muler* ou de détruire son œuvre qu'il ne le
» serait à un acquéreur de grains d'enfouir un
» sac de blé en terre ou de le jeter dans la
» mer. » — Ce n'était pas assez ; il allait plus
loin ; il prenait à partie M. Thiers, alors ministre, le morigénant, non au point de vue de
la politique, mais parce qu'il a chez lui, « pour
lui tout seul, » un groupe de Michel-Ange, qui
devrait être pour tous.

  » Vous avez donné, par exemple, au peuple
» français, une copie de Michel-Ange (celle du
» *Jugement dernier*, de Sigalon) ; mais vous
» avez, dit-on, un original à vous, un groupe
» d'une beauté merveilleuse, dit-on toujours.
» Si c'est là de la passion, ce n'est pas de la

» générosité. Sacrifier le public au privé, cela
» est très artiste sans doute et très propriétaire,
» mais peu ministériel, dans le beau sens du
» mot. On dit même que vous ne montrez ce
» groupe à personne; tout au plus, le faites-
» vous voir à vos amis. Vous ne voulez ni qu'on
» le moule, ni qu'on le grave; la vue même en
» est défendue et la reproduction interdite,
» comme celle d'un roman-feuilleton. »

» Encore une fois, voyez la bizarrerie,
P.-J. Proudhon ressemblant comme deux gout-
tes d'eau à M. Thiers! Cela nous rejette bien
loin de ces caricatures du *Charivari* de 1848,
où Cham nous montre le premier, s'acharnant
à démolir une maison à coups de marteau,
maison que l'autre s'évertue à recrépir avec une
truelle. Mais l'expérience de tous les jours le
démontre, dans un siècle mobile par excellence,
tout homme public doit invoquer à son bénéfice
le chapitre des variations.

» Du reste de la boutade je ne dirai rien. La
susceptibilité que montre P.-J. Proudhon est
trop respectable pour que je ne la comprenne
pas. En admettant, chose impossible, que ses
lettres connues ou inconnues ne soient pas aussi

honorables que les deux que j'ai données, je ne l'eusse jamais mis lui-même, dans le cas d'en rougir, — il peut en être bien sûr. — J'ajoute que si, après la publication de la première épître, j'avais pu penser qu'il en éprouvât le moindre souci, la seconde, celle du fils B***, de La Ferté-Bernard, n'eut pas été reproduite. »

Et je signai de mon nom.

P.-J. Proudhon ne me répondit rien. Je sus seulement, par un ami commun, qu'il ne serait pas fâché de me voir un instant, ne fût-ce que pour causer d'un seul des faits se rapportant aux deux lettres. — P.-J. Proudhon avait été mon commensal, et mieux, mon ami, en 1847, au moment où un groupe de patriotes le faisait venir de Lyon à Paris pour fonder un journal. J'avais même été des cinq qui avaient eu mission d'aller le recevoir aux Messageries, à la descente de la diligence. Durant trois mois entiers, nous nous étions rencontrés, chaise à chaise, assis à la même table d'hôte. Ma vie de garçon ayant fini dans ce temps-là, et le 24 Février étant survenu comme un coup de tonnerre, nous nous étions trouvés un moment séparés ; mais, en deux ou trois rencontres, il nous avait été fort agréable, à l'un et à l'autre, d'échanger quelques paroles amicales et une poignée de main. ·

Pour mon compte, je ne pouvais me défendre d'un vif sentiment de respect pour l'écrivain le plus clair, le plus nerveux et le plus oseur que la France ait eu depuis Voltaire. Cette polémique, qui venait de s'engager à mon insu, me fournissait l'occasion de revoir mon commensal de 1847, et je m'empressai de la saisir.

Un jour donc de septembre 1856, un cabriolet me menait rue d'Enfer, dans cette même maison dans laquelle le publiciste contribua à arrêter le cocher Collignon, qui venait de tuer un bourgeois pour une question de pourboire. Le P.-J. Proudhon des anciens jours revivait dans l'écrivain célèbre. Je le retrouvai aussi simple, aussi bienveillant, mais aussi passionné dans ses discours que je l'avais connu, lorsque nous dînions ensemble à la table d'hôte de la rue Notre-Dame-des-Victoires.

Dix années avaient sensiblement changé la physionomie de l'éloquent écrivain. P.-J. Prou-

dhon, que j'avais connu presque frêle, était
allé de l'embonpoint à une de ces obésités pré-
coces qui ne sont pas toujours l'indice d'une
bonne santé. Cependant toute sa machine ne
cessait pas d'annoncer la force. Je trouvai aussi
que sa mise était plus correcte, sa parole moins
âpre, et qu'il se montrait, en parlant, moins
prodigue de gestes. On devinait aisément que
le frottement du monde avait modifié dans un
sens plus humain ce qu'il y avait d'abord de
trop anguleux dans sa personne. Sa voix avait
aussi moins d'éclat, mais non moins de mordant. Par moment, elle était claire et vibrante,
comme le son d'un instrument de cuivre ; on
voyait qu'il y avait encore en lui une très
grande somme de jeunesse.

Un tel homme ne pouvait faire toute chose
qu'avec passion. Il avait été coup sur coup,
suivant le caprice des événements, journaliste,
représentant du peuple, organisateur d'une
utopie, accusé, condamné, prisonnier, proscrit ;
il s'était marié ; il avait maintenant, lui si
pauvre, la responsabilité si grave d'un père de
famille ; il était volontiers le conseil de tous
ceux qui s'adressaient à lui comme à un guide.

Enfin, il était revenu à vivre, en penseur solitaire, à l'une des extrémités les moins tumul-
tueuses de Paris, écrivant beaucoup de belles
pages pour fort peu de lucre, honni par les uns,
renié par les autres, mis en joue sans cesse
par les sentinelles de la loi régnante. Comment
donc avait-il fait pour ne point s'user, ainsi que
tant d'autres, dans les luttes de la politique,
dans la prison, dans l'exil, dans les mécomptes
d'une légitime ambition si vite déçue, et dans
le terre-à-terre d'une petite existence d'artiste
toute chargée d'ennui?

Je m'expliquais cette heureuse singularité
par ce fait qu'il s'était imposé une règle de vie
des plus sévères. En effet, P.-J. Proudhon est
demeuré un paysan de la Franche-Comté,
même au milieu du tourbillon de la vie parisienne. Il ne s'est pas départi, un seul jour,
d'être sobre et actif. Il n'a accepté de notre
société, toute de relief, que ce qui n'en est pas
le mensonge. On se rappelle son mot si naïf
et si charmant à un enrichi qui l'invitait à venir
grossir le nombre des oisifs qui devaient se
presser, une nuit, dans les salons d'un riche
hôtel de la place Saint-Georges : « Il ne m'est

pas possible d'accepter votre invitation, parce
que j'ai l'invariable habitude de me coucher
tous les soirs, à neuf heures. » Sachant le grand
art d'emprunter sur soi-même, suivant le pré-
cepte d'un philosophe antique, il a pu porter
légèrement sa pauvreté. Ainsi la trahison du
sort et la défaite de ses chimères ont pu affliger
son âme, mais la rude écorce qui enveloppait
son esprit et les vaillants ressorts qui le faisaient mouvoir l'ont empêché d'être atteint
profondément, en apparence, du moins, par les
ironies et par les éclaboussures de la fortune.

Après dix années, je revoyais donc, rue
d'Enfer, le commensal vigoureux que j'avais
connu durant trois mois auprès de Pilhes,
d'Auguste Luchet, de T. Thoré, de Charles
Ribeyrolles et des quatre ou cinq autres qui
marchaient à la tête de la jeune Démocratie de
ce temps-là : je le retrouvais, comme je viens
de le dire, sensiblement changé ; le masque de
la figure s'était peu à peu agrandi et comme
éclairé. Il y avait sur le front plus de sérénité.
Dans le sourire, on lisait plus de bienveillance.
Je l'ai déjà dit, l'homme de guerre ne s'était
pas évanoui, au contraire. Jamais P.-J. Prou-

dhon n'avait épousé avec plus d'ardeur les idées de la Révolution française, et, dès les premières paroles de notre entretien, il n'omettait pas de se proclamer l'homme-lige du 24 février; mais nous dûmes nous rabattre prosaïquement sur le mince épisode qui m'amenait chez le philosophe.

Au moment où j'entrais, il jouait avec une de ses petites filles qui ne marchait pas encore seule.

— Savez-vous, me dit-il, pourquoi je ne suis pas allé vous voir à *la Gazette de Paris*? C'est que je craignais d'y rencontrer M. Gabriel Vicaire. Dans ce cas-là, voyez-vous, je n'aurais pas pu être maître de mon emportement.

En même temps, il montrait ses deux bras si agiles et si vigoureux.

— Oui, si j'avais rencontré ce monsieur, je lui eusse fait un mauvais parti.

— Mais, répondis-je, je ne connais pas M. Gabriel Vicaire; je ne l'ai jamais vu; il n'a de sa vie mis les pieds à *la Gazette de Paris*, et il y a mille à parier contre un qu'il n'y viendra jamais. Ce qu'il nous a communiqué nous est arrivé par la poste.

— Ce n'est pas à cause de l'envoi que je parle avec tant de fureur, reprit P.-J. Proudhon ; mais à cause de la mystification première dont il m'a fait le jouet.

Il me conta alors que, pour avoir un autographe de lui, M. Gabriel Vicaire, usant d'un subterfuge un peu trop emprunté au théâtre d'autrefois, avait pris un déguisement, et, dans sa lettre, s'était donné pour une femme, pour une écuyère de l'Hippodrome, nommée madame de Sainte-Hermine. Le penseur, n'en demandant pas plus long, avait pris pour réelle la prière qu'on lui adressait de donner des conseils à une femme blasée et déclassée. C'était pour obéir à un bon sentiment qu'il avait écrit la longue et belle lettre qu'on connaît. Un peu plus tard, avant même la publication faite par *la Gazette de Paris*, il avait appris que sa correspondance circulait comme objet à vendre chez les marchands d'autographes.

De là, toute cette colère et cette lettre écrite au journal, lettre à l'aide de laquelle il parle le plus qu'il peut à la *cantonade*.

— Il est visible, me dit-il encore, que j'étais le point de mire d'une mystification ou d'une spéculation de même nature, lorsque je répondais au fiis B***, de La Ferté-Bernard. Relisez cette lettre, et vous verrez que je voyais bien qu'on cherchait à se moquer de moi.

Il s'emporta encore une fois contre le correspondant qui l'avait fait tomber dans un piège si grossier, et, en me reconduisant, l'œil encore allumé de colère, il me répétait :

— Ne me faites jamais rencontrer avec M. Gabriel Vicaire.

Tel est l'épisode de cette lettre à l'Écuyère qui a fait tant de bruit. Depuis lors, P.-J. Proudhon a cessé de vivre. Des amis, obéissant à une pieuse et féconde pensée, rassemblent tous ses écrits épars pour compléter ses Œuvres. La lettre à la prétendue madame de Sainte-Hermine figurera nécessairement dans le volume consacré à la correspondance du publiciste, et ce ne sera pas le fragment le moins lu de l'intéressante collection.

Ceux qui ont vécu dans l'intimité de P.-J. Proudhon ont eu quelque peine à s'expliquer comment, en dépit de ses habitudes, il a fait montre de tant de complaisance en entrant en correspondance avec une étrangère qu'il ne

connaissait d'Ève ni d'Adam. On se demandait
ce qui pouvait l'attirer dans une écuyère de
cirque, lui qui ne fréquentait jamais les théâtres.

Inélégant, rude, il était, d'ailleurs, très peu
liant, point banal en fait d'amitié et il a toujours fui le babil des femmes. En particulier,
il n'avait aucun goût pour celles du demi-
monde. Enfin l'aversion qu'il affichait pour les
têtes de liège s'étendait jusqu'aux hommes dits
du jour et les écrivains d'une nature frivole ne
lui plaisaient pas non plus.

Un célèbre romancier anglais, Wilkie Collins, l'auteur de *la Femme en blanc*, avait
avec lui une prodigieuse ressemblance. Par
la taille, par la chevelure, par la barbe, par
les lunettes, par l'ensemble de la physionomie,
on aurait pu dire que c'était le même homme.
Un jour, à Bruxelles, pendant l'exil, un passant distrait, ayant pris le proscrit français
pour l'élève de Charles Dickens, s'approcha
de lui et, sur le ton d'une amicale familiarité,
il lui dit :

— Ah ! bonjour, cher monsieur Wilkie
Collins. Comment vous portez-vous ?

Aussitôt grande colère de Proudhon auquel il fallut apprendre combien était grande cette ménechmie qui amenait une si brusque surprise.

— On n'a pas idée de ça, s'écriait le fils du tonnelier de Besançon, me prendre, moi, pour un faiseur de romans ! Est-ce que j'ai pour métier d'écrire des bêtises !

Comme tous les graves songe-creux qui ne mâchent que de l'économie politique, il faisait peu de cas de la joaillerie du style. Vers, prose enjouée, fantaisie, qu'est-ce que tout cela prouve ? On connaît son mot sur l'œuvre de Victor Hugo à laquelle il préfère la tâche quotidienne d'un batelier du Rhône. Ainsi tout ce qui confinait à l'art ne l'intéressait que d'une manière lointaine. A l'instar de Jérémie Bertham, l'ennuyeux anglais, auquel on doit la *Déontologie*, il ne consentait à voir dans le monde moderne qu'une chose : l'utilité. — Mais, quoi ! est-ce qu'un livre de poète, qui empêche un quart de siècle de mourir d'ennui, n'est pas une chose utile ?

Puisque le nom de Victor Hugo se rencontre sous ma plume, disons que P.-J. Proudhon ne l'aimait pas, quoiqu'ils fussent deux enfants de la même ville. Vers la fin de la seconde République, un peu avant le coup d'État, ils s'étaient rencontrés à Sainte-Pélagie, où le rédacteur en chef de *la Voix du Peuple* purgeait une condamnation pour délit de presse, côte à côte avec les deux fils du grand poète, incarcérés pour la même cause, à propos de l'*Événement*. Quatre ou cinq fois, au moment d'une visite du père, ils avaient dîné ensemble comme on dîne en prison, avec de la charcuterie et des fourchettes de fer. Ce n'était pas cette rusticité de mise en scène qui avait déplu à celui qui a écrit la *Lettre à Blanqui sur la propriété*, mais bien plutôt l'apparition trop fréquente de mademoiselle Ozy, une actrice des Variétés d'alors, maîtresse de l'un d'eux, une assez belle fille, bien connue pour la liberté de ses propos.

Olympio, alors, descendait volontiers de son empyrée pour faire des jeux de mots avec la comédienne, et ce laisser-aller, une fois ou deux, avait déplu au socialiste, beaucoup plus sévère sur le chapitre des mœurs.

— Je ne suis pas bégueule, disait alors le Franc-Comtois, mais, que voulez-vous? ce grand homme ne se gène pas assez pour tâter devant nous les tétons de mademoiselle Ozy.

A cinq ans de là, à Bruxelles, au moment où Proudhon avait dû chercher un refuge dans la capitale de la Belgique, ces souvenirs étaient revenus à sa pensée. Un soir, dans une imprimerie, où il était occupé à corriger des épreuves, on vint lui apprendre que deux compatriotes de marque, deux autres exilés, se trouvaient dans le même local : c'étaient Edgar Quinet et Victor Hugo. Tous deux faisaient dire qu'ils seraient heureux de se rencontrer avec leur ancien collègue de la Constituante.

— Ma foi, non, fit-il répondre avec son accent traînard; je n'éprouve pas du tout le même désir. Qu'ils restent sur leur fumier comme je reste, moi, sur le mien.

Eh ! dame, on ne savait pas toujours par quel bout prendre ce bâton... épineux. A Paris, en 1865, Édouard Dentu, l'éditeur du Palais-Royal, qui publiait alors ses œuvres, eut, un matin, à lui faire une visite. Comme cet acte

16

de politesse coïncidait avec le Jour de l'An, il
fit l'emplette d'une jolie poupée en robe de soie,
bibelot qu'il se proposait d'offrir à la fille du
socialiste, alors âgée de quatre ans.

— Vous ne sauriez croire, nous disait
Édouard Dentu en nous racontant le fait, vous
ne sauriez croire l'explosion de colère que mon
malencontreux cadeau souleva chez le terrible
démolisseur. Au lieu de me remercier d'une pré-
venance si conforme à tous nos usages, il s'emporta avec de violents éclats de voix :

» — Une poupée ! L'image d'une femme
de mauvaise vie ! s'écria-t-il. Ah ! voilà ce
que vous apportez à une enfant pauvre ! Et le
plus bizarre, c'est que vous croyez bien faire !
Mon cher monsieur, par le fait, vous jetez ici,
dans un jeune cœur, une semence de corruption. Vous enseignez à ma fille la fainéantise
et le vice. Tenez, si vous vouliez lui faire un
présent qui câdrât avec les exigences de son
avenir, il fallait lui offrir des instruments
de travail, quelque chose qui l'aidât à apprendre l'art de gagner son pain, par exemple,
un dé à coudre, des aiguilles ou une paire de
ciseaux.

Tout plein d'arithmétique, se rappelant les heures amères d'une enfance âpre, il n'aimait ni les fêtes, ni le luxe, ni les mondains. En 1858, lorsque M. Polydore Millaud, le fondateur du *Petit Journal*, étant devenu tout à coup riche par suite d'heureuses spéculations avec J. Mirès, son compère, donna, en son hôtel de la place Saint-Georges, une grande soirée littéraire et musicale, il n'omit pas d'inviter le fameux Franc-Comtois.

» — Mais pourquoi m'inviter, puisqu'il ne me connaît pas ? s'écriait Proudhon.

Et il n'eut rien de plus pressé que de renvoyer à son point de départ la carte d'invitation, en l'accompagnant d'un billet, qui, ayant été lu à haute voix, fit, dès le lendemain, le tour de tout Paris.

« MONSIEUR MILLAUD,

» Vous m'avez fait l'honneur de m'inviter à une fête qui doit avoir lieu chez vous, jeudi prochain. Je vous en remercie, mais comme cette soirée commence à onze heures du soir et que j'ai pour habitude de me coucher à neuf, souffrez que je m'excuse de ne pouvoir y assister.

» Veuillez, monsieur, agréer mes meilleurs compliments.

» P.-J. PROUDHON. »

— Quel ours, ce Jurassien! disaient les petits crevés de la littérature.

— Quel philosophe qui sait conserver son franc-parler! disaient les autres, heureux de signaler à notre époque un vrai paysan du Danube.

P.-J. Proudhon a-t-il jamais mis les pieds dans un salon? La chose est douteuse ou plutôt, sans risque de se tromper, on pourrait répondre par la négative. Par conséquent il n'aurait eu aucune occasion d'échanger même une parole avec les femmes. A plusieurs reprises, il s'est assis, au Palais-Royal, à la table du prince Napoléon avec des convives qui se nommaient Sainte-Beuve, Ernest Renan et Berthelot, le chimiste. Il a aussi assisté aux dîners, un peu plus simples, des frères Garnier, qui, un moment, ont été ses éditeurs. Mais ce n'étaient toujours là que des réunions d'hommes et où, suivant le mot de Diderot, on n'avait pas « à faire mousser les Grâces ».

Il n'y a plus à s'étonner maintenant si le spectacle de notre civilisation cent fois frivole offusquait ce rustre du Jura, enfant de la nature, qui avait commencé la vie en gardant les vaches, ainsi qu'il le raconte lui-même. Comment se serait-il plié à l'élégance? Comment aurait-il pu comprendre les charmantes mièvreries du roman moderne? Il y a mieux : un Proudhon galant, diseur de riens, distributeur de bouquets à Chloris est un être qui ne saurait se concevoir. Il ne s'entendait qu'à faire de la dialectique, et saupoudrée de chiffres, par doit et avoir. Ainsi les arts qui font le charme de notre ordre social ne le touchaient pas. Le plus irrésistible de tous, celui qui va de l'oreille à l'âme, n'excitait en lui aucune émotion. Un jour, un de ses collaborateurs, Alfred Dariman, plus tard l'un des Cinq, était parvenu à l'entraîner à l'Opéra, où l'on donnait les Huguenots. Croyez-vous que la divine musique de Meyerbeer, aussi belle que celle d'Orphée, va assouplir ce cœur fruste? Point du tout. Il l'entend, mais il ne la comprend pas. Il ne s'est pas écoulé dix minutes qu'il s'ennuie, bâille et

16.

demande à sortir. Il ne fallait pas jeter de perles au groin de ce sanglier.

Tout bien pesé, après l'avoir sévèrement observé, il m'a semblé que cet enfant du peuple, si merveilleusement doué au point de vue des choses de l'esprit, n'était pas éducable ni sociable en ce qui touche les relations du monde. Il faudrait donc voir, avant tout, en lui un homme né pour mener la vie contemplative d'un solitaire. P.-J. Proudhon n'eut pas souffert un maître ni toléré un disciple. Néanmoins il s'est marié. Mais quel mari a été P.-J. Proudhon? Chose en tout cas fort curieuse, le révolutionnaire dont le seul nom semait l'épouvante chez les partisans de la monarchie, devait épouser une femme sans doute fort honorable, la fille de M. Piégard, celui, qui, une hallebarde à la main, remplissait à la cour de Charles X, les fonctions de héraut du roi. Casuistes, que direz-vous de cette bizarrerie? Il y a même, à ce sujet, un trait des plus piquants. Au commencement du second Empire, M. Piégard, accusé d'avoir fait partie d'une conjuration légitimiste ayant pour but de jeter Napoléon III à bas et de le remplacer par Henri V,

avait été mis en prison, pêle-mêle avec ses
dix-huit complices. A cette nouvelle l'ancien
représentant du peuple s'était ému, mis en campagne et avait fini par faire relaxer l'ancien
héraut. J'ai pu voir entre les mains d'un ami
commun, Auguste-Abraham Rolland, ancien
député de Saône-et-Loire, une longue lettre
dans laquelle le socialiste raconte la cause et la
fin de ses démarches. Rien de plus éloquent
que cette épître. Je ne crois pas que l'auteur du
livre *De la Justice* ait rien écrit de plus remarquable. La lettre à l'écuyère de l'Hippodrome,
si souvent citée, ne serait qu'une page informe
et décolorée si l'on se mettait à la comparer
avec cette apologie d'un vieux royaliste par un
révolutionnaire. Par malheur, A.-A. Rolland a
refusé de la faire insérer dans la Correspondance de son auteur et il est mort sans apprendre où elle était déposée, en sorte qu'il y a lieu
de supposer qu'elle est perdue. J'insiste sur ce
point pour répéter que c'est une perte des plus
regrettables et pour l'histoire des idées de ce
siècle et parce que c'était une belle œuvre de
littérature. Mais revenons à nos moutons
comme le berger de maître Pathelin et finissons

sur l'épître à mademoiselle de Sainte-Hermine.

P.-J. Proudhon n'a pas été la seule victime du prétendu Gabriel Vicaire. Sans se douter du motif intéressé qui les attirait dans une correspondance si étrange, presque tous les écrivains en vue, de 1850 à 1860, étaient amenés à répondre par des pages qui devaient être vendues, plus tard, comme autographes. Cette fameuse lettre à l'écuyère de l'Hippodrome a figuré plusieurs fois, paraît-il, dans les ventes aux enchères. Si l'on doit s'en rapporter à l'*Intermédiaire des chercheurs*, elle aurait été poussée, un jour, jusqu'à la somme de quinze cents francs, mais ce n'est pas la soi-disant mademoiselle de Sainte-Hermine qui a pu profiter de cette bonne aubaine. Originairement, cette épître si curieuse n'aurait rapporté au spéculateur qu'une vingtaine de francs. C'était prendre bien de la peine pour peu de chose.

Très ingénieux dans l'art de duper les beaux esprits, le personnage masqué agissait en comédien consommé, changeant tour à tour de nom, de langage et de motifs, aussitôt qu'il s'agissait de se faire envoyer de bonne prose et par les faiseurs les plus recherchés. On a fini par découvrir qu'il est parvenu à se faire écrire des lettres par Jules Janin, Louis Veuillot, Alfred de Vigny, Sainte-Beuve, George Sand et Victor Hugo. Tantôt il signait d'un nom plébéien, forgé à plaisir ; tantôt il imaginait une dénomination aristocratique, avec un titre de noblesse. Le prétexte variait toujours. Une fois, il s'agissait d'un cas de conscience sur le choix d'un état ; un autre jour, c'était d'un point de critique littéraire qu'il était question. Il ne fallait être ni un sot ni un homme vulgaire, pour exercer ce métier-là ; M. Gabriel Vicaire y était passé maître.

Pour se donner un champ plus vaste, le mystificateur ne craignait pas d'opérer même au delà de nos frontières. Il s'est adressé même aux proscrits. En 1855, à peu près à l'époque où il *tapait* P.-J. Proudhon il s'efforçait de prendre Félix Pyat pour confident. Sachant que l'auteur de *Diogène*, très enclin à consoler ceux qui souffraient, se donnait, lui aussi, la peine de répondre aux pattes de mouche qu'on lui envoyait, il lui fit part du désir qu'il avait de recourir au suicide. Pour justifier l'envie qu'il ressentait de s'arracher la vie, il racontait qu'il

venait d'être frappé du coup le plus terrible qui
pût atteindre un homme de cœur. Tout récemment il avait perdu sa jeune femme, une belle
personne qu'il adorait. Félix Pyat, qui était
alors en Angleterre, s'y laissa prendre et répondit par la touchante et belle improvisation qui
suit [1].

A MONSIEUR GABRIEL VICAIRE,

« Monsieur,

» Vous demandez de la santé à un malade,
de l'eau au désert, de la flamme au glacier.
Triste consolateur qu'un proscrit ! Mais tout
impuissant que je suis dans ma propre peine à
vous réconforter comme je le voudrais, pourtant, comme vous me faites l'honneur de me
consulter, je dois vous dire qu'ayant jeunesse,
santé et gagne-pain, vous n'avez pas le droit de
vous tuer. Non, monsieur, ne calomniez pas
l'existence au point de vous tuer à vingt-cinq
ans. A votre âge, on peut déjà sans doute avoir

---

1. Cette lettre nous a été communiquée par l'*Intermédiaire des
Chercheurs*, qui la tenait de Charavay, le collectionneur.

bien des regrets, mais il y a encore plus d'espérances. L'avenir est plus grand que le passé et la vie à peine en fleurs vous promet les meilleurs fruits. Je conçois votre douleur si vous avez perdu la moitié de vous-même ; je conçois que la vue des folies qui se démènent périodiquement devant vous, que cette danse macabre que vous êtes forcé de conduire une fois la semaine avec votre chagrin dans l'âme, vous inspire par contraste une sorte de dégoût et de désespoir. Mais enfin une fois votre dette payée à ces fantômes, vous avez le loisir de vous réfugier dans l'art et dans la liberté, de vous élever, de vous perfectionner de plus en plus au nom et au souvenir même de celle que vous pleurez.

» Puisque vous avez aimé, vous pouvez, vous devez sentir les hautes et nobles jouissances de l'esprit, les saintes et pures voluptés de l'intelligence et les désirs, plus divins encore, du dévouement. Aimer, c'est se dévouer.

» Oui, monsieur, il reste toujours, quand on a tout perdu et tout épuisé, il reste toujours pour vous remplir le cœur, une passion suprême, un amour souverain, un bien infini, une maîtresse immortelle, éternelle, idéale et sublime, qui tient lieu de toutes les autres : il existe l'humanité.

» Bref, monsieur, vous pouvez comprendre Mozart et Beethoven, vous pouvez imiter Saint-Just et Barbès, vous n'avez pas le droit de vous détruire.

» Salut fraternel.

» FÉLIX PYAT.

» 27 janvier 1855.

» Chiswick 14, Brigtish rove, London. »

Un dernier mot.

Qu'était-ce, au fond, que ce mystérieux correspondant qui a obtenu tant de belles pages de nos célébrités d'alors? Était-ce une réalité en chair et en os ou un être de fantaisie, créé par un songe-creux? Était-ce un ennuyé, un blasé qui cherchait à s'amuser aux dépens d'autrui ou un habile, qui, par son jeu, avait habilement trouvé le moyen de gagner un peu d'argent? Il avait pris le nom de Gabriel Vicaire, mais il y a eu les vives réclamations d'un homonyme et, en définitive, on n'est pas bien sûr qu'il eût le droit de s'appeler ainsi. La chronique affirme qu'il a eu deux ou trois pseudonymes de rechange, comme certains héros de la galanterie se produisent auprès des femmes sous des costumes divers. On s'est livré sur ce personnage à une enquête des plus actives et les recherches n'ont abouti à rien de certain. Conclusion : cette affaire aura été, en définitive, une indéchiffrable énigme. Laissons-la donc dans la région des mystères.

Chez nous, on ne sait jamais garder la mesure en rien. P.-J. Proudhon a certainement été un prosateur remarquable. Sur les dix ou douze volumes d'œuvres incohérentes auxquelles il a attaché son nom, en est-il un seul qui vivra après cent ans écoulés? La chose est douteuse ou plutôt, non, elle est résolue d'avance : on sait que cela ne sera pas. Mais, çà et là, on pourra trouver aisément en cette gerbe de très belles et même de très grandes pages. Des fragments, rien de plus.

En 1866, à l'époque où le fougueux dialecticien mourait à Passy, il y eut, à ce sujet, parmi ses amis, un accès de lyrisme. — Voici un bouquet de six vers que j'ai vu alors au-

17

dessous d'un portrait photographique, fait par
Carjat :

> Dans la tombe il vient de descendre ;
> Voltaire et Rousseau, votre cendre
>   Doit tressaillir.
> Rabelais, Pascal et Molière,
> Paul-Louis, accueillez votre frère,
>   Dans l'avenir.

Ainsi P.-J. Proudhon complétait la demi-
douzaine des plus grands génies de notre race,
avec un septième en sus. Ah ! quand nous nous
y mettons, à louer, nous n'y allons pas de main
morte !

VIII

HENRY MURGER

Henry Mürger était un enfant du peuple. Par un étrange hasard, son père, tailleur de son métier, était concierge d'une maison de la rue Chauchat où demeuraient trois des plus grands artistes du temps, l'Espagnol Garcia et ses deux illustres filles, la Malibran, si adorablement célébrée par Alfred de Musset, et celle qui devait être, un jour, madame Pauline Viardot, l'amie de George Sand.

Quand les deux cantatrices rencontraient l'en-

fant dans les escaliers, elles y faisaient une
halte pour le caresser. Est-ce au contact de ces
deux inspirées de l'art que ce rejeton d'un pro-
létaire doit d'avoir été de bonne heure visité
par la Muse ? Il n'y aurait rien de trop téméraire à répondre par l'affirmative. Plus tard,
l'une d'elles, celle qui a survécu, voyant qu'il
était devenu fameux à son tour, s'était mise à
lire ses œuvres qu'elle vantait ensuite de porte
en porte, entre un concert pour les pauvres et
une représentation de la *Norma*. On l'entendait
dire alors : « — Henry était un enfant charmant, très doux et qui jasait comme un pinson
au mois de mai. » En parlant de lui avec Philoxène Boyer, elle ajoutait : « — J'aurais bien
grande envie de le voir pour lui rappeler la rue
Chauchat, mais qui sait si ces souvenirs d'enfance ne lui seraient pas pénibles ? »

Il a grandi comme il a pu, foulé par le mouvement social, semblable en cela à tous ceux
de sa classe, manquant tout à la fois de la
nourriture du corps et de celle de l'esprit,
mais il y a des sophistes pour nous assurer que
c'est là l'ordre et qu'il n'y a pas à récriminer
à ce sujet. S'est-il plaint ? Oui, sans doute,

mais sans trop d'amertume et en n'accusant que le sort ou la fatalité, comme tous les Romantiques.

Très certainement, la tête d'Henry Mürger était d'origine germanique, ainsi que son nom. Un peu massive, assez mal sculptée, à la manière d'un mascaron, et dénudée aux trois quarts par une calvitie précoce. Les yeux étaient ronds, un peu semblables à ceux des oiseaux nyctalopes ; ils étaient, en outre, étonnés et malades. Il y en avait un, plus particulièrement affecté, qui *pleurait sans cesse,* suivant le mot des gens du peuple. Selon toute apparence, ce fut pour dissimuler ou pour combattre cette infirmité native qu'il porta au début des lunettes vertes, puis, un monocle. Il n'était guère élégant dans sa mise, du moins de 1845 à 1850, temps durant lequel il a toujours tiré le diable par la queue, et l'état de ses finances n'expliquait que trop l'incorrection de ses habits. La démarche aurait pu être plus vive, le geste moins commun ; mais deux choses étaient charmantes en lui : le sourire et la voix.

Pourquoi ne pas le dire, ce déshérité souriait

souvent, mais non sans un peu d'amertume. Le pain de froment, le vin de la vendange, la volaille rôtie, les fruits des quatre saisons sont la manne de Paris qu'il ne voyait que rarement pleuvoir dans sa mansarde et, en considérant que ces richesses gastronomiques allaient toujours chez le voisin, il pouvait se demander avec tristesse pourquoi il n'avait pas même à recueillir les miettes que le corbeau d'Elie semait au désert pour nourrir le prophète. Mais, Dieu merci, une insouciance lyrique très abondante finissait par lui rendre un peu de sérénité. — « Que de fois je n'ai soupé qu'avec un petit pain de chez Cretaine ! » (le boulanger-pâtissier de la rue Dauphine), m'a-t-il dit. Mais à l'époque où il faisait ces confidences, il était sorti du Pays de Misère, comme disait le Quinola d'H. de Balzac, et il ne se plaignait plus.

Que Lamartine se fût fait républicain et que Victor Hugo se fût érigé en confesseur de la démocratie nouvelle, l'École de l'art pour l'art ne tournait jamais les yeux vers la politique courante. Vivant dans un petit milieu où l'on ne s'occupait sérieusement que de formes, de rythmes, de couleurs, et jamais d'idées ni de paradoxes, Henry Mürger, ne pouvait pas être des jeunes esprits aventureux qui s'envolaient à la recherche d'une société autre que celle du jour. C'est pourquoi il éprouva, au brusque avènement de la République, au 24 Février, une surprise fortement mélangée d'effroi. Paris, encore élégant et mièvre de politesse la veille, bouleversé, envahi le lendemain, par deux cent mille hommes en blouse et réclamant le droit de voter comme les riches, causait à cette conscience pleine de ténèbres un soudain ahurissement. Il nous disait alors à nous-même, qui stipulions hautement pour le nouvel état de choses :

— Mon cher, si l'on formait dans la ville un arrondissement qui serait uniquement habité par des réactionnaires, j'irais y poser mon nid.

Incroyable ironie des faits ! En ce temps-là, le pauvre garçon résidait rue Mazarine, dans un hôtel garni où se trouvait aussi le citoyen P.-J. Proudhon, récemment élu représentant du peuple. Or, un jour que le nouveau député de Paris, ayant à écrire quelque chose, peut-être le projet de son impitoyable motion sur la liquidation sociale, ne trouvait pas de plume sous sa main, le garçon de l'hôtel s'en alla tout droit à la chambre d'Henry Mürger et en rapporta une. Imaginez une plume d'oie finement taillée. Peut-être était-ce l'une de celles avec lesquelles ont été jetées sur le papier les *Scènes de la Vie de Bohème*. L'épisode a été, du reste, consigné dans *le Corsaire*, où nous avons tous été à même de le lire. C'était en 1849, beaux jours ensoleillés d'un peu de gloire, où sa pièce, si bien arrangée par Théodore Barrière, était jouée cent fois de suite au théâtre des Variétés, et le rendait pour quelque temps, plus riche que ne l'a jamais été François Villon. — Le *Bonhomme Jadis*, à la Comédie-Française, et le *Serment d'Horace*, au Palais-Royal, ont renouvelé cette bonne aubaine.

— Tiens ! disait-il à ses intimes, voilà qui est bien étrange. Comment se fait-il que, le matin, en me levant, je ne sois plus forcé de courir après la pièce de cent sous ?

Antoine Fauchery, son ancien compagnon de chambrée, celui qui est allé mourir au

Japon, l'écoutait tenir ce langage en ouvrant, comme on dit, des *yeux de carpe*.

— Le théâtre ! le théâtre ! s'écriait-il en levant les bras en l'air, voilà la vraie Californie !

Non, le chantre de Musette ne courait plus après la pièce de cent sous. En était-il plus riche ? Le succès lui arrivait par le théâtre, par les journaux, par la librairie, et aussi par les marchands de billets, par l'Agence Parcher, si vous voulez. La pièce de cent sous n'était plus un souci, d'accord ; c'était le billet de cent francs qu'il lui fallait trouver.

Les diverses ressources que je viens d'énumérer ne formaient encore qu'un très petit succès, du moins au point de vue du lucre. Ceux qui ne jugent le métier des lettres que sur l'apparence, sur l'Affiche, sur la Réclame, sur le coup de chapeau du passant, sur la poignée de main des amis, ceux-là sont portés à s'exagérer singulièrement l'importance d'une réussite. Au lendemain de sa première pièce applaudie, Henry Mürger était à cent lieues de se croire un homme arrivé, et il avait bien raison. La misère des poètes est une horrible

17.

maladie, tout à fait comparable à la fièvre des Marais Pontins, ce qui signifie qu'on met longtemps à la guérir.

Ce ne fut qu'en 1852 que Henry Mürger commença à se faire une existence régulière. Je l'ai vu s'installer alors dans un petit appartement de la rue de la Victoire, où il se flattait de vivre, — très grand progrès, — dans le confortable que Paul de Kock attribuait alors à ses mauvais sujets. De trois mille à six mille francs par an. C'était alors un luxe; de nos jours, ça ferait sourire de pitié le dernier des reporters. Et ces allures causaient de l'éblouissement aux camarades.

— Croiriez-vous, disait Théodore de Banville, que cet heureux Mürger pèle aujourd'hui ses pommes de reinette avec des couteaux qui ont un manche en argent?

Ébloui, Charles Baudelaire, aussi, l'était, lui qui croyait agir en Sardanapale en faisant servir du fromage de Brie à ses intimes dans des assiettes en porcelaine de Chine. Cette superfluité des couteaux en argent devait être suivie d'une fantaisie plus fastueuse encore. Un matin, vers l'automne, Henry Mürger fit l'emplette d'un fusil, s'acheta un chien, et alla se terrer dans la forêt de Fontainebleau, à Marlotte, pour y prendre, pendant toute une saison, la posture d'un chasseur. Style byronien.

Pour le coup, c'était à n'y pas croire.

— Est-ce qu'il va mener sous nos yeux la vie d'un laird d'Écosse ? se demandait Philoxène Boyer.

Ce chien, ce fusil, ces allures d'Ésaü devinrent pendant près de trois mois le thème des plus amusants commentaires. Tout le monde disait là-dessus son mot. Henry Mürger chassait comme Louis XIII dans *Marion Delorme*, disaient-ils ; mais il avait le caractère bien fait, et il laissait dire.

Il cherchait, ce qui est bien concevable, à se donner un peu de bien-être, et, sous ce rapport, à rattraper le temps perdu. Mais rien de tout cela ne devait durer. Ce Nemrod de l'écritoire s'en allait, miné par une consomption abdominale. Déjà la machine corporelle était usée, autant par les privations d'autrefois que par des escapades de jeunesse. Trois fois, au moins, il avait eu à faire un séjour à l'hôpital du Midi, à cause d'un *purpura*, dont il parle grandement dans ses lettres, maladie qui a fini par l'emporter.

— Ricord lui-même y perd son grec, disait-il en parlant de cette indéracinable affection.

La Vénus de Catulle seconde ceux qui osent, mais elle est cruelle pour ceux qui abusent.

On a beaucoup écrit sur Henry Mürger ; on a fait sur lui des articles de nécrologie, des livres, des discours, des élégies. A-t-on dit tout ce qu'il y avait à dire ? Je pencherais volontiers pour la négative. Après tout, ce brave garçon n'a laissé que trois ou quatre romans, pas supérieurs à ceux de beaucoup d'autres. Quelques-uns de ses vers sont fort jolis, et son théâtre, très indigent, a cessé de compter au répertoire ; néanmoins, on a déifié l'auteur de son vivant ; on lui a dressé une statue au lendemain de sa mort. Si ces hommages ont eu en vue un ouvrier de la pensée, pauvre, jeune, qui donnait des espérances et qui a été moissonné avant le temps, quand sa tête n'était qu'à demi-mûre, alors on a bien fait. En ce cas-là, l'apothéose n'est pas une exagération ni le monument votif un excès. En ce cas-là, la critique cède au devoir de garder le silence. Henry Mürger, fauché comme les Malfilâtre et les Hégésippe Moreau, ne sera plus comme eux qu'une victime de l'art de chanter et d'écrire, un des meilleurs de la jeunesse d'Athènes donné en pâture au monstre de Crète. Mais si vous fondez son piédestal sur la prose et sur les vers qu'il a légués à l'avenir, nous voilà armés du droit d'examen; nous regardons ses œuvres au microscope et nous ne pouvons nous défendre de reconnaître que ce n'est pas un demi-dieu. Les six volumes qui forment son héritage contiennent des perles, d'accord, un peu d'or, mais ce qui s'y voit surtout, c'est du strass.

L'œuvre capitale d'Henry Mürger, c'est la *Vie de Bohème*, tirée par Théodore Barrière du livre qui avait d'abord été publié en feuilletons dans *le Corsaire*. On a repris ce drame à des intervalles divers, et cela prouve qu'il devait reposer sur une observation vraie. Mais déjà, au bout de dix ans, la forme du style avait beaucoup vieilli, et bien des spectateurs, tard venus, ne comprenaient pas ce langage de *fruits secs*, de grisettes, de rapins, et de déclassés. N'importe, cela allait tout de même, et, après 1870, — à une nouvelle réapparition, — il y eut encore comme un regain de succès.

En 1871, Jules Janin a applaudi, non sans raison, à la reprise de la *Vie de Bohème*. « Vivante et charmante, a dit le Prince des critiques, cette comédie est restée en toutes les mémoires; elle règne et gouverne encore en un coin le monde parisien. » Mais, plus loin, craignant d'avoir trop encouragé le mouvement de la fainéantise mêlée à la fièvre de l'orgueil, l'auteur de l'*Ane mort* revient sur ce premier élan. Il marie une branche de houx aux branches de myrthe avec lesquelles il avait d'abord tressé une couronne à Henry Mürger. « Ils sont tous des paresseux, tous des gueux, vos bohèmes, » s'écrie-t-il. Jules Janin s'est-il donc rappelé le lendemain de la première représentation? En octobre 1850, poétiser la paresse, rendre aimables les va-nu-pieds, c'était déjà le reproche qu'on faisait à la pièce. « Vous encouragez la paresse en faisant applaudir vos personnages, » disait alors un rédacteur d'un journal bien pensant, lequel n'était autre que le comte Armand de Pontmartin. Depuis lors, à la vérité, ce gentilhomme de l'écritoire, comprenant qu'il pouvait être bon de mettre les jeunes de son côté, a raturé cette première sentence. Mais, en 1850, je le répète, il fulminait sur cette littérature de gens sans le sou qui glorifiait la mansarde et faisait aimer la *dépenaillerie.* « — Vous marchez dans les vieilles pantoufles du vieux Béranger, le chantre du *Grenier,* » ajoutait-il.

Ces blâmes ne partaient pas seulement du côté droit de la presse; ils sortaient un peu de partout. Ah ! que de cris de paon faisaient chorus aux clameurs de ce brillant perroquet !

Peu s'en fallait qu'on ne rangeât l'auteur de la *Vie de Bohème* parmi les Rouges, lui qui ne s'était jamais occupé de politique. — Et Henry Mürger de répondre (c'était dans un entresol du passage Jouffroy, aux bureaux du petit journal littéraire où il avait d'abord fait paraître ses esquisses) :

— Ils m'accusent d'avoir fait une théorie en l'honneur de la paresse ! Une théorie et moi, cela n'a jamais passé par la même porte. Faut-il tout vous dire ! Eh bien, au bout du compte, je trouve que les bohèmes sont encore plus des impuissants que des paresseux.

Ici les assistants s'emportèrent en protestations bruyantes. — Nous étions là cinq ou six, — Champfleury, Théodore de Banville, Alexandre Weill, Edouard Plouvier, Fiorentino et moi. — Tous ceux qui sont partis de ce groupe se sont fait un nom et une position sociale. Presque tous sont morts aujourd'hui, mais en laissant après eux, sur le chemin de la vie, une sorte de rayon lumineux, suite d'un éclatant labeur.

— Ne sommes-nous pas un peu bohèmes les uns et les autres, Mürger? hasardai-je. Paresseux, nous ne le sommes pas, puisque nous travaillons tous les jours. Impuissants, nous ne le sommes pas non plus, puisque nous faisons œuvre qui sert au mouvement de la société actuelle.

Et Fiorentino, plus énergique, plus personnel encore, ajoutait :

— Impuissant, un bohème ! Eh, cher Mürger, vous voyez bien par vous-même qu'il n'en est rien. Vous venez de faire une pièce qui a donné la vie à un théâtre. Grâce à votre œuvre, trois cents personnes gagneront pendant trois mois leur pain quotidien ; grâce à elle, quinze cents personnes par soirée, je veux dire cent cinquante mille contemporains, au bout de cent représentations, trouveront à se distraire, c'est-à-dire à ne pas mourir d'ennui et de bêtise. Pensez-vous donc qu'un banquier dix fois millionnaire soit plus *puissant* que vous dans le sens philosophique du mot ?

Cet argument, on en conviendra, était une belle réplique. Henry Mürger, pourtant, n'était pas convaincu. Il avait l'air de se demander encore s'il était bien vrai qu'il eût accompli un travail de quelque utilité. Un vaudeville, c'est une bulle de savon.

— Au fait, reprenait Fiorentino, voyez donc combien une pièce en vogue donne la vie à Paris ! Que serait-ce que la capitale de l'univers sans le théâtre ? Pourquoi nos belles dames, celles des deux mondes, se couvrent-elles de soie, de velours, de dentelles, de diamants et de fleurs, si ce n'est pour se montrer dans les avant-scènes ? La parfumerie, la ganterie, l'optique, la bonbonnerie, comment vivraient-elles ? Et les voitures ! et le coiffeur ! et les soupers

dans les restaurants de nuit ! et les billets
d'amour qu'on s'envoie le lendemain ! Vingt
industries diverses sont mises en jeu à cause
d'un acte ou de cinq. Je le répète, supprimez
les charmants blagueurs du Café des Variétés,
ces vaudevillistes qui alimentent la foule de
bons mots, et notre grande fourmilière de deux
millions et demi d'habitants crève de faim et
d'ennui. Est-ce que ce n'est pas vrai, ce que je
dis là ?

Henry Mürger, ce pauvre garçon, si indigent
à ses débuts, déjà malade, si naïf, cœur d'enfant, esprit de femme, était tout étonné de se
voir couronné par le succès, et il semblait déjà
redouter, en guise de revanche, quelque per-
fidie de la Fortune. Ainsi que je viens de
le noter, quelques critiques ayant écrit que sa
pièce avait une moralité condamnable, il n'était
pas éloigné de le croire. En réalité, il éprouvait
une très grande difficulté à se dégager du
milieu bigarré d'où il était parti. Sorti des
bas fonds de l'ordre social — puisqu'il était le
fils d'un portier — n'ayant pas été à même
d'apprendre, ce qui était le tort de son origine
et non le sien, ne sachant rien, si ce n'est l'art

frivole de nouer ensemble quelques phrases
ou quelques racontars, il s'était incessamment
préoccupé du soin de dissimuler par des arti-
fices, ou son insuffisance de débutant, ou la
nudité de sa pensée. Aussi, afin de masquer
son peu de force, se défendait-il, avant tout,
d'être un esprit grave.

— Je vous assure que je n'ai rien voulu
prouver du tout en faisant la *Vie de Bohème*,
répétait-il à satiété, — et c'était vrai de toute
vérité.

Il y a mieux, la *Vie de Bohème*, — je parle
surtout du livre, — a passé longtemps pour
une matière trouvée dans un fond commun.
Sans doute l'auteur n'a rien signé qui ne lui
appartienne en propre, notamment au point de
vue de la forme. Cependant les intimes vous
diront qu'à ce sujet, en plus d'un chapitre, il a
été un peu photographe et un peu reporter, un
peu glaneur même.

Un de ses amis, un des miens aussi, Dieu
merci ! l'illustre Nadar, son biographe le plus
sympathique, a d'ailleurs exprimé le fait.

— Ces *Scènes de la Vie de Bohème* sont à

nous tous, a-t-il dit ; Mürger a *mangé la gre-nouille*, mais il l'a bien mangée.

Dans un livre satirique, abondant en moqueries violentes, M. Armand de Pontmartin raconte ses relations avec l'auteur des *Vacances de Camille*. Ce serait lui, le comte, collaborateur et actionnaire de la *Revue des Deux Mondes*, qui aurait conçu le premier le projet, et accompli le grand fait de conduire Henry Mürger chez M. Buloz. Rien de plus vrai. Après la Révolution de Février, en vue d'une société toute neuve qui apparaissait avec tant de brusquerie, la vieille *Revue* n'avait plus à faire la bégueule. Sa morgue universitaire et politique baissait d'un ton. Il fallait, coûte que coûte, aller à la démocratie ou, si le mot vous paraît trop fort, à un élément nouveau.

M. Armand de Pontmartin, pourtant très collet monté, tenant à ses préjugés de légitimiste et d'ami du beau langage, avait pu remarquer dans *le Corsaire* des feuilletons conçus en style de boulevard, agrémentés d'argot. Cette lecture l'avait d'abord étonné, puis charmé. C'étaient les récits dont, plus tard, l'auteur a formé le premier volume des *Scènes de la Vie de Bohème*. Se faisant sergent racoleur pour la circonstance, le gentilhomme du Comtat Venaissin s'aboucha avec le futur romancier et le mena en voiture dans la célèbre boutique littéraire de la rue Saint-Benoît, où il fut agréé, séance tenante.

Si vous lisez les *Jeudis de madame Charbonneau*, le livre du prétendu maire de Gigondas, vous y verrez que M. Armand de Pontmartin, un saint homme, n'est pas précisément tendre pour son protégé. Il nous représente un Mürger sous une physionomie que nous ne lui connaissions pas, nous qui vivions journellement près de lui. Il en fait tour à tour un hypocrite, un ingrat et un avare. Incontestablement la figure qu'il dessine est moins un portrait qu'une charge d'atelier. Ce relaps de la misère, un peu étourdi, par les caresses d'un succès inaccoutumé, ce pauvre garçon, jusqu'à cette heure malmené par le sort, ayant maintenant quelques louis en poche, décoré du ruban rouge, se frottant aux gens de théâtre, auteurs et comédiens, tous érigeant volontiers la *Blague* en système de philosophie, pouvait-il avoir la posture d'un stoïcien? Au surplus,

dans les suites de sa trop rapide fortune, si
vite terminée par la mort, et par la mort dans
un hospice, il y avait encore plus de trompe-
l'œil que de réalité. La correspondance laissée
par l'auteur des *Buveurs d'eau* fait assez voir
que, comme Richard Savage, un de ses devanciers, le pauvre bohème n'a eu à entrevoir que
l'ombre du bonheur.

Poussé par le succès, on lui a demandé des
romans *comme il faut.* S'occupant d'un autre
monde que le sien, pouvait-il avoir la même
valeur ? Le plus prévenu en sa faveur répon-
drait : non. Il était le premier à confesser
l'embarras que lui faisaient éprouver les conséquences de sa réussite. En allant du feuilleton
exigu du *Corsaire* au cadre aristocratique de la
Revue des Deux Mondes, il avait dû subir
une première nécessité, celle de « tuer le vieil
homme ». M. Buloz lui imposait une nouvelle
manière, plus guindée, mais plus correcte ; on
lui indiquait d'autres thèmes ; on exigeait un
style tout différent de celui qu'il avait mis en
montre. Il a plus d'une fois réussi alors, mais
en se soumettant au régime de l'orthopédie la
plus douloureuse. Après les *Vacances de Ca-*

mille, petit roman très joli, mais trop pommadé, berquinade de salon, mais sans originalité, il comprenait bien qu'il lui serait difficile, pour ne pas dire impossible, de suivre long temps cette nouvelle méthode.

Un peu comparable à un clown qui est obligé de se désarticuler pour faire des tours, il n'était déjà plus lui-même. Je parle de 1855. Un soir, dans un des cafés du boulevard Montmartre, qu'il fréquentait à cette époque, parlant sur le ton d'une tristesse qui n'avait rien d'apprêté, il avouait que l'enfantement d'un seul chapitre lui prenait parfois une semaine. Il y a bien loin de là à Walter Scott, faisant une feuille et demie, c'est-à-dire vingt-quatre pages, avant l'heure du déjeuner. Il y a même loin de là à Edgard Poë, disant : « Je commence au même instant une bouteille de Madère et un conte noir ; le conte et la bouteille seront tous deux finis à la même minute. » Pour en revenir à Mürger, nous étions trois à l'entendre, un soir, s'enthousiasmer au spectacle des confrères qui n'ont qu'à prendre une plume pour la faire courir sur le papier.

— Tenez, ajoutait-il, j'en suis à ma troisième

tasse de café noir. Impossible de rien faire sans ce stimulant. Encore n'écrirai-je qu'une page, tout au plus, en une nuit, car j'ai contracté la folle habitude de ne travailler qu'à la lueur des bougies. Une seule page ! Que voulez-vous ? Voilà ce que c'est que d'avoir mis un corset à son style !

Au comte de Villedeuil, le cousin des Goncourt, il faisait, un jour, les mêmes confidences, en s'arrêtant sur ce qui lui avait toujours manqué, c'est-à-dire, sur l'instruction première, sur celle, désormais vulgaire, qui conduit au baccalauréat ès lettres.

— Je n'ai pas fait d'études classiques ; voilà le défaut de ma cuirasse. C'est pourquoi je ne puis tracer une ligne sans me voir embourbé dans des obstacles inattendus. On ne m'a rien appris, ni la grammaire, ni l'histoire, ni la géographie, ni un traître mot des langues anciennes. Je n'ai pu connaître les grands maîtres que par échappées, de la même façon que le passant connaît la grande musique par l'orgue des églises ou par l'orgue des rues. Le moyen de n'être pas toujours arrêté en chemin, après ça !

Philoxène Boyer, qui faisait grand cas de son talent, m'a raconté lui avoir mis dans les mains les *Oraisons funèbres*, de Bossuet, dont il n'avait jamais lu que le titre.

— Je viens de lire l'oraison funèbre du grand Condé, lui disait Henry Mürger. Savez-vous que c'est un très beau morceau ?

A-t-il réellement aimé cette blonde et blanche Musette, qu'il a si bien chantée ?

/ait

> Hier, en voyant une hirondelle
> Qui nous ramène le printemps,
> Je me suis rappelé la belle
> Qui m'aima lorsqu'elle eut le temps...
>
> Et, pendant toute la journée,
> Pensif, je suis resté devant
> Le vieil almanach de l'année
> Où nous nous sommes aimés tant...

Un savant modeste, le docteur Toubin, qui exerce la médecine dans la petite ville de Salins (Jura), m'a conté le trait que voici. — Un matin, en 1847, étant interne des hôpitaux, il alla trouver Mürger.

— Musette est à l'hospice de la Charité, lui

dit-il ; elle va bientôt s'éteindre. Elle voudrait bien ne pas mourir avant de vous avoir revu.

— C'est bon. J'irai demain lui porter un bouquet de violettes.

Un bouquet de violettes, ça coûtait deux sous et, en ce temps-là, Mürger ne les avait pas toujours.

Le jour où il les eut, il était trop tard ; Musette était morte. La pauvre fille n'a eu ni le bouquet ni la présence de son ami.

Ainsi finissent souvent les petits romans d'amour.

Il m'a été donné de voir l'auteur de la *Vie de Bohème* se départir de son aversion pour la République et voici comment la chose est arrivée. La scène se passait en 1848, au lendemain des journées de Juin. Paris se ressentait encore de cette formidable secousse pendant laquelle avaient coulé tant de larmes et tant de sang. Comme suite à ces désastres, les théâtres étaient fermés, le commerce des tableaux suspendu, les librairies paralysées. Bref, tout ce qui touchait à l'art était dans le *marasme,* mot de ce temps-là. On désignait aussi cet état de choses par cette formule : *la mise en habit noir.* A la Constituante, sur la motion de Félix Pyat et pour venir en aide à cette détresse, on avait voté un crédit de trois cent mille francs à distribuer aux artistes nécessiteux, peintres, poètes et gens de théâtre. Henry Mürger et Antoine Fauchery se plaignaient devant moi d'être dans une *dèche carabinée.* Tranchons le mot : ils n'avaient pas de pain. Séance tenante, je leur fis faire à chacun une demande de dix lignes, que j'emportai ensuite à l'Assemblée Nationale dont je rédigeais les comptes rendus. Là, grâce à l'auteur du *Chiffonnier de Paris,* membre de la commission de secours, le double placet, apostillé par le duc Albert de Luynes, permettait à nos deux confrères de recevoir l'un et l'autre deux cents francs. Deux cents francs, c'était l'abondance et le repos pour deux mois !

— Mon cher, me disait Mürger, quand vous rencontrerez la République sur votre chemin, dites-lui que je ne la boude plus et que je la tiens pour une belle âme, qu'on a trop calomniée. Chateaubriand a trouvé le mot en l'appelant « la reine de l'avenir ».

Par l'effet d'une bizarrerie qui se présente

souvent dans le domaine des arts, moins Mürger pouvait produire, plus on lui demandait.
Déjà l'âge d'être prévoyant arrivait ; hélas ! la
maladie était déjà venue, et, en dépit d'encou-
ragements nombreux, la pauvreté ne s'en était
pas allée. Pensant être plus à même de fournir
un vert regain, il s'était exilé à Barbizon, en
pleine forêt de Fontainebleau. C'est là qu'il a
composé le *Sabot rouge*, son dernier roman ;
c'est là qu'il a rassemblé ses vers épars pour
en composer les *Nuits d'Octobre* ; mais la soli-
tude, mais le bois, mais le recueillement, mais
le succès n'y pouvaient rien. La source vive
d'où s'étaient échappées les *Scènes de la Vie
de Bohème* était tarie et pour toujours.

A la Brasserie des Martyrs, dans une mêlée
bachique au milieu de laquelle le hasard m'avait
poussé, Auguste Luchet, un autre doyen de la
bohème, exprimait une théorie étrange, mêlée
de mysticisme et de philosophie réaliste.

— On ne meurt pas sans raison, disait-il.
Un homme, de même qu'un arbre, ne s'en va
que lorsqu'il a donné tous les fruits qu'il
devait porter.

— S'il en est ainsi, répondit Henry Mürger,

en pâlissant, mon affaire est nette. J'ai donné tout ce que j'avais à donner. Par conséquent, je ne tarderai pas à disparaître.

Il mourut, en effet, six mois après avoir dit ce mot, empreint de tant de mélancolie.

FIN

TABLE

—

I. — LE SOUPER DE BEAUCAIRE............ 1

II. — UNE ODE PROSCRITE................ 19

III. — LA CHANSON DU GÉNÉRAL DE LA SALLE 43

IV. — L'HOMME AU CAMÉLIA.............. 65

V. — UN SATIRISTE D'IL Y A SOIXANTE
ANS........................... 83

VI. — LES BALS D'ARMAND MARRAST........ 119

VII. — P.-J. PROUDHON ET L'ÉCUYÈRE DE
L'HIPPODROME 209

VIII. — HENRY MURGER.................. 291

ETAMPES. — IMP. L. HUMBERT-DROZ, 16, RUE SAINT-MARS